最后的晚餐

[日] 岛田庄司 著

纪鑫 译

青岛出版集团 | 青岛出版社

图书在版编目（CIP）数据

最后的晚餐 /（日）岛田庄司著；纪鑫译 . — 青岛：青岛出版社，2017.9
ISBN 978-7-5552-6023-3

Ⅰ .①最… Ⅱ .①岛…②纪… Ⅲ .①推理小说—日本—现代 Ⅳ .① I313.45

中国版本图书馆 CIP 数据核字（2017）第 216947 号

『 最後のディナー 』
SAIGO NO DINNER by SHIMADA Soji
copyright © 1999 SHIMADA Soji
All rights reserved.
Original Japanese edition published by Hara Shobo, Japan in 1999.
Republished as paperback edition by Bungeishunju Ltd. in 2012.
Chinese (in simplified character only) translation right in PRC reserved by Qing Dao Publishing House Co., Ltd., under the license granted by SHIMADA Soji, Japan arranged with Bungeishunju Ltd., Japan through Beijing Hanhe Culture Communication Co., Ltd.

山东省版权局著作权合同登记号 图字：15-2017-129

ZUIHOU DE WANCAN
书　　名　最后的晚餐
作　　者　（日）岛田庄司
译　　者　纪　鑫
出版发行　青岛出版社（青岛市崂山区海尔路 182 号）
本社网址　http://www.qdpub.com
邮购电话　0532-68068091
策划编辑　杨成舜
责任编辑　刘　迅
封面设计　仙境书品
照　　排　青岛双星华信印刷有限公司
印　　刷　山东临沂新华印刷物流集团有限责任公司
出版日期　2017 年 10 月第 1 版　2022 年 11 月第 4 次印刷
开　　本　大 32 开（880mm×1230mm）
印　　张　6.5
字　　数　130 千
印　　数　16001-19000
书　　号　ISBN 978-7-5552-6023-3
定　　价　39.80 元

编校印装质量、盗版监督服务电话　4006532017　0532-68068050
本书建议陈列类别：外国文学　推理　畅销

目　录

里美上京 / 1

大根奇闻 / 30

最后的晚餐 / 95

《最后的晚餐》创作背景 / 196

里美上京①

1

  那应该是平成八年（1996年）四月的事。御手洗②不在后，少了许多担惊受怕的我身上发生了一桩让人心惊肉跳的事。这样写，想必诸位读者多少也预料得到。最近此类内容的信件太多，说实话，本书稿也算是为回应这些信件的要求而写的。

  一个天气晴好的春日，上午十一点左右，我的房间里依然犹如地狱般黑暗，置于床边桌上的电话响了。我硬着头皮拎起听筒，一个尖利得令人难以忍受的女孩的声音猛地刺痛了我的耳膜。

  "喂喂！"

  听筒里的声音皮球似的撞过来，起初我以为是哪个孩子打来的，像是室外充足的阳光带着巨大的能量，直接飞进了屋子。

---

①上京：到东京去。从地方去首都。
②御手洗：指御手洗洁，岛田庄司系列推理小说中英俊而有个性的名侦探。

一时间，我对这语声与自己心情间的落差有些不知所措。尽管这活力无限的声音驱散了我的睡意，然而此时此刻，我的心境仍旧难以如阳光般明亮。

"喂？"

我闷声应答，像个老人似的颤巍巍地从床边站起来，习惯性地拽了一下台灯下露出的灯绳，黄色的灯光一下子照亮了我那煞风景的房间。我打心底里厌烦这屋子的阴暗。我对在这间房里日复一日、周而复始的单身生活深恶痛绝，真想吞下安眠药长眠不醒。

"先生！"女孩子又说话了，声音简直是在吼。

"哎？"我应了一声，还是听不出对方是何许人也。

"您好吗？"

对方都这样问候了，我只得驱赶着瞌睡虫，无声地思索了片刻。我心里嘀咕：这是哪位啊？熟人中没有这么小的孩子。可要是问"你是谁"，又难免被对方当作傻瓜嘲笑，一时间，我张口结舌无言以对。

"我说先生，您不舒服——"她像是发了急似的问。

"嗯？没不舒服。"我马上应道。我寻思着，莫非是谁打错电话了？"请问，您找哪位？"我客气地问道。

"您不是石冈先生吗？"对方问。

"啊，是，是我。"我吃了一惊。

"真可气！先生您不记得我啦？"

听筒里的声音阴郁下来,她颇有怨言地发起了牢骚,我早已朽化的脑袋总算转动起来,记忆逐渐复苏了。

"小美?! 难道是里美姑娘?"

"是啊! 可算听出来啦! 还以为您早把我忘了呢!"

对方的声音又恢复了欢快,像是松了口气。原来是犬坊里美。难以置信。这个里美,竟把电话打到我这里来了。此刻,我心里涌进了一股暖暖的东西。

"小美! 哪能忘了! 没想到会是你,所以没听出来。你现在在哪儿? 广岛?"

"我吗? 在马车道①。"里美轻描淡写地说,却吓了我一跳。

"马车道? 横滨的?"

"对啊,就在附近! 不是说过要来东京嘛! 先生已经忘啦?"

"啊,有这回事! 没忘呢! 你自己?"

"现在? 嗯,我自己。"

"用公用电话打的?"

"不是,用手机。"

"噢,手机,是啊。来旅游?"

"嗯? 什么呀,来上大学啦! 塞里图斯女子大学!"

"什么?!"

我又一次被惊得魂飞魄散。这么近? 我记得她先前的来信

---

① 马车道:日本神奈川县横滨市中区的地区名及道路名。横滨距东京约28.8公里。

上说,要去广岛上大学。

"先生,您别什么事都一惊一乍的!"

"不是说要去广岛上大学吗?"

"说通妈妈,转进横滨的塞里图斯女大了。喂!不许我来吗?"

"没有没有,实在太突然。当、当然高兴啦,来得好来得好!请你多多谅解,刚才那样吃惊。恭喜你通过转学考试!"

"谢谢先生!"里美用洋溢着笑意的声音答道。

"那,要我做什么?"

"先生,您还是老样子!我对这一带一点也不熟,方便的话,您能来接我吗?您忙吗?"

"不,不忙。知道啦,马上过去。现在在哪儿?"

"在关内站下了车,现在刚进马车道。眼前有个招牌,是个写着'欢饮、欢唱'的卡拉OK厅!"里美说着,哈哈地笑了起来。

"啊,那儿呀,是个叫Q的店铺吧?知道。这就来,稍等。"

"嗯,等您来。"

"噢,你要不要找个咖啡馆等我?"

"不啦不啦,就在这块儿溜达着看看。反正也有长椅。"

"那好,我这就过去!"

我慌慌张张地放下听筒,急急忙忙地解开了睡衣纽扣。

2

屋外，天气好得不可思议。高楼大厦缝隙间露出的蓝天上，不见一丝云彩，真是不折不扣、通通透透的万里晴空。行道树上的叶片被昨夜的大雨洗净，郁郁葱葱、生机盎然，步道上的铺路石也干净得发亮。因为是个平常日子的上午，来往的行人稀稀拉拉。尽管四周皆是司空见惯的景物，然而对那一天的我来说，却全都熠熠生辉、光彩夺目。

我小跑般脚下生风，沿马车道的步道奔伊势佐木町方向疾步走去。不一会儿就看见道路对面长椅上坐着的一个年轻姑娘，好像是里美。我留意着车辆横穿马路，她像是注意到了一路小跑来的我，隔着老远就高叫起来"先生——"

见我也扬起了手，她从长椅上起身走了过来。她的个子看起来高得令人惊奇，让人疑心她是不是又长高了。两人越走越近，她身上的衣饰也渐渐清晰起来。

她穿着近来在女孩子中流行的蓝色紧身吊带裙，极短的裙子上面套着另一件比短裙稍长的蕾丝质地的连衣裙，上身又在连衣裙外面披了一件薄衫。穿搭非常得体，使她看起来很成熟。这让我又惊又喜。

"先生，好久不见——整一年啦！"

她边说边摘下架在头顶上的太阳镜收进挎包。我们面对面站在马车道的步道边，路人们的视线很明显都聚焦在妩媚可爱的里美身上。她又直又顺的长发稍稍过肩。我心里生出想跟她握握手的冲动,最终却没能鼓起勇气伸出手去。她也只是站在我面前笑嘻嘻地动也不动。

不过那双眼睛里仍是唯她独有的目光,我不由想起了身处贝繁村时的她。尽管她现在依旧清纯开朗,可那双眸子却与当时截然不同,像是秘藏了一丝阴郁,因此,我能感受到那目光包含着的犹如钻石般的晶莹锐利。这目光使脱下高中校服的她比从前更有魅力了。

"好久不见啊,真成大姑娘了!"我说道。

看来被人这样夸赞已不是头一次了,里美并没做出什么特别的反应。我本想说"你真是出落得越来越漂亮了",可又觉得被对方尊称为"先生"的人,不该对一个年轻姑娘说这么不庄重的话,只好紧紧闭上嘴巴。

事实上她的确漂亮多了。这变化异乎寻常。女孩子从高中到大学的这一年里的变化,相当于我们十年的变化吧。虽说脸型怎么看都跟以前一样,但里美真真切切地像是换了个人。什么原因?我认真地思考了一阵子。因为眼神?因为妆容?还是因为这连衣裙?最后注意到是她的发式。比起高中时代,她的头发留长了,而且挑染成了茶色。

"你说转学进了塞里图斯?"

"嗯,没错。本就特别向往那儿,横滨也一样。"

"转学考试难吧?"

"不怎么难,也是因为用功了,本来在广岛的大学成绩就不错嘛!不过,去塞里图斯每天都得爬坡,同学们的腿都老粗,哈哈!"

"马上就该吃午饭了,饿吗?"

"有点。"

"吃点什么吧。想吃什么?来这边!"我转过身,走在前面,里美也跟了上来。

"我吃什么都行。不过去先生平时吃饭的店就好。"

"啊?哎呀,那里嘛……"我脸色一阴,声音也低沉下来。

"怎么?不方便?"

"倒没什么不方便,可那里有点……"我的心情稍稍有些沉重。

"有相好的女孩在,不方便?"

"根本没那回事,只有相识的大婶儿,可是……"

"就去那儿!这么定了!"

无奈,我只好带里美去了名叫"小马"的大众饭馆。在这家跟公路服务区的餐馆很相似的店里,我经常接连几天依次轮番点选定例套餐果腹,什么炸虾套餐、汉堡牛肉饼套餐,或者烤鱼套餐、烤肉套餐,无一例外。不在"小马"吃的时候,就去附近的便利店吃冷便当。这里准备了六种便当,就算不间断地每天来买,也能吃到不重样的东西。里美初来向往已久的横滨,猛一下子也许会觉得"小马"太难吃,不过既然她说要去,那我也就恭敬不如从命了。

"先生,您总在这里用餐?"在餐馆最里面的席位坐定,里美环视店内,流露出深表同情的神色。

"嗯? 哪里,偶尔……"

正在扯谎的当儿,相识的大婶儿走了过来。

"我说,石冈先生,今天点什么?"大婶儿热情招呼道。

"炸虾套餐。"我应声说,这下子彻底死了心。

"小姐呢?"

"我也要一样的。"里美说,"今天体验体验先生的生活吧!"

"我这生活你最好别体验,绝对让你丧气。倒是你,有时间的话……"

"有,有时间!"

"可以去港未来①瞧瞧,相当漂亮,还有船。"

"先生呢?"

"我? 可以的话,一起去。你去过吗?"

"没去过。能走着去?"里美说话时,一双大眼睛骨碌碌直转。

"能。"

接着,我们聊起了一年前的旧事。

"贝繁村的乡亲们都好?"

"嗯,活下来的人都挺好。"

---

① 港未来:"横滨港未来21"的简称,位于日本横滨市西区及中央区交界海滨,是"都市景观100选"获奖地区。

"邮局的大叔呢?"

"啊,精神着呢,就是总爱喝酒。"

"卖黄粉饼①跟柠檬苏打水的那家咖啡馆呢?"

"噢,罗曼?还没关门。"

"有榻榻米的电影院呢?"

"偕乐座?电影还在放。"

"真想念乡亲们啊,想再去看望看望。"

"来吧!大家也都想先生!"

"那之后龙卧亭怎样了?"

"嗯,多亏了您,没卖。村里人很感激先生您呢!"

"是吗?真的?不敢当不敢当。"

"妈妈准许我来横滨,就是因为先生在这儿,肯定是。"

"不会吧!你的琴②呢?"

"在这边也打算跟老师学,想正儿八经地练一阵子。"

"那好啊!你没打算上音大或艺大?"

"靠弹琴?不,那不可能。我还不具备那种程度的能力,也没指望靠弹琴养活自己。"

"是吗?不过你弹得不是相当棒嘛!"

"唉,这样说的只有先生您。"

---

① 黄粉饼:撒上黄豆面的年糕。
② 琴:这里指日本十三弦筝。

"是这样啊。"

"妈妈就从来不夸我。虽说也有拿手的曲目,仅此而已。我太笨。不过最近搞了点作曲。"

"作曲?嚆!厉害厉害!日本筝曲?"

"是呀!回想那事件当时的情况,正在试作。不过还没成形。"

"得让我听听啊。"

"嗯,要是搞出了满意的作品的话。"

"给我录音听,我可不识谱。"

"嗯,搞出了满意的作品的话。"

3

吃完饭来到街上,里美说想喝餐后咖啡。于是我们转入一条后街,进了马车道十番馆。

"啊!知道这家店!"一到店门口里美就欢叫起来,说以前在女性杂志上看到过几次。"砖造建筑好可爱!很期待来这儿,向往已久啦!这十番馆在山手①那边不是还有一家?"

---

① 山手:位于日本神奈川县横滨市中区,含山手町及其外缘部一带,幕府(明治时代以前执掌日本全国政权的军阀,其最高权力者为征夷大将军,亦称幕府将军。)末期起至1899年是在日外国人居住区。

"嗯,有。"

"经常去那边!"里美嚷道。

我则把我所了解的有关店前小型大炮、老式公用电话亭、写着"牛马饮水"的桶等所有掌故一一说了出来。

"过去,关内这一带有外国人驻居区,坐船抵达码头的洋人乘马车来关内的旅馆。马车经过的就是刚才'小马'所在的那条街,所以才叫马车道。给马饮水的桶就是那玩意儿。"

我指了指"牛马饮水"桶,走进店里。里美要了咖啡,我点了红茶。我接着往下讲。

"据说,以前船泊靠不上栈桥,因为海水太浅。所以外国来的船停在海面上,旅客换乘小舟驶来上岸。拉夫卡迪奥·赫恩[①],就是后来的小泉八云,听说过吧?他也是明治时期[②]在这儿上的岸,跑过了那条马车道,不过他坐的好像是人力车。记录这时期风貌的文章至今保存完好,叫《不为人知的日本面影》,知道吗?"

"不知道。"里美摇摇头。

"记录的全都是难以言表的快活。文中写道:眼前,拉车的向前跑去,扣在车夫脑袋上的斗笠随其步调也跟着上下跳动。顶着蓝瓦屋顶的低矮家屋、蓝门帘、身穿蓝衣服的小个子人群,人们像瞧什么稀罕景似的望着我,不住地露出冷笑,但没有一丝

---

① 拉夫卡迪奥·赫恩(1850-1904):希腊籍国际记者、作家,致力于向西方解释日本人的思想、文化和风俗。与日本女子小泉节子结婚,取名小泉八云。
② 明治时期:明治时代,1868年至1912年。

敌意。"

"哦——先生懂得真多啊!"

"这没什么了不起。当时的横滨人大概都穿深蓝和服,个子也都不高吧。"

"横滨这地方,有些历史哎——"

"对。"

我们随后又聊了一会儿贝繁村往事以及里美新学校的情况。里美说大学生活很愉快,但因没男生感觉稍有些怪怪的,像是来错了地方。自上小学起就一直男女同校,所以突然间竟不知所措了。同班同学也问她,为什么从男女同校的大学特意转到女子大学来。

每每话题中断,里美多半扬起下巴,新鲜劲儿十足地打量店内。她无论到哪儿都这样。这家店的天花板很高,高高的窗户上镶着彩色玻璃,室内横向搭建着类似阳台的狭窄的中二层[①]。感觉御手洗似乎马上就要出现在那里开始演说了。

我想带里美到横滨各处转转,便和她急匆匆地离开十番馆,向樱木町车站方向走去。因为这里有日本丸[②]号之类的日本船舶博物馆,不过试想一下,既然里美已经来到横滨上大学了,其实根本不必急于一时,往后她有的是时间跟朋友慢慢转着看。

---

① 中二层:一楼与二楼之间的一层楼。
② 日本丸:停泊在横滨港未来日本丸纪念公园里的以白帆为象征的日本丸号帆船。

由樱木町车站方向去往地标塔①的路上架设有自动步道②。乘上自动步道,停泊在宛如水池的船坞里的日本丸号便尽收眼底。里美说早就想见识见识这艘船。

参观日本丸号帆船,需要购买连带旁边船舶博物馆的门票。我是第二次来,但因里美说她是头一次来,我就陪她进来了。船很老,船内保养却极其到位,五金类器具都打磨得光亮如新。沿参观路线浏览了一遍实习生用船舱、船长室、医务室等处之后,我们又进了隔壁的博物馆。

这里有向游客展示横滨历史的透视画,透视画分两组,巧妙地与电视影像剪辑合成在一起。里美似乎被它深深吸引住了,聚精会神地将两组都看到了最后。

出了博物馆,我们在地标塔前的步道上信步而行,向栈桥走去。左手边是地标塔及与之相邻的洲际酒店。右手边则还在施工当中,完工后,这里将变成感觉相当美妙的散步场地吧。

在步道尽头过一条马路,走下楼梯便到了岸边。这一带有个泊船处,湾内游览船和驶往山下公园③的水上巴士都从这里出发。此前我从未坐过,因此决定乘船去山下公园。

---

①地标塔:横滨地标塔,70层296.33米高,日本第五高建筑。1990年3月20日开工建设,1993年7月16日投入使用。
②自动步道:水平方向运行的自动扶梯。
③山下公园:位于横滨市中区山下町的城市公园(风景公园)。使用关东大地震的瓦砾填海建成,1930年3月15日开园。

水上巴士与航行在隅田川①上的船只颇为相似。船体平坦,玻璃窗宽大明亮,坐在观览席上,视线的正下方就是水面。缓缓驶离栈桥,船下螺旋桨倒转,船调头后在湾内开动起来,渐渐达到了相当高的航速。

"那片海面,水母多得很呢。"我介绍道,尽管没人提问。

里美只是哦了一声。其实我第一次亲眼见到那么多水母,已是二十年前的事了。现在还有没有呢?说不定早就没有了。不过自那以后也没机会再去确认。不,应该说没去创造机会。

坐在窗边,会有一种水面没过了脖子的错觉。水波和飞沫像是直接拍打到了我身上。在这一错觉中,朦胧的睡意不断袭来。不知怎的,我一坐船就想睡觉。

"先生,刚才的博物馆里船舶模型可真多啊!"里美感慨道。

"嗯,都做得又大又精致。"我说。

"小时候最喜欢这类东西。一到夏天,就拿着船模到附近的河里漂着玩。那个真大!我喜欢船,常寻思着什么时候把那模型摆在屋里。"

"是吗?"

"一瞅见船模啊,就想起暑假啦。"

"啊,贝繁村的夏天,真不错啊——"

我想起了那个到处是稻田的山谷间的村庄,入秋后散布稻

---

① 隅田川:流经东京东部的河流。

田上的稻草人,应接不暇的浓浓绿色,以及绵绵不绝的聒噪的蝉声。很想再去一次。愿不再有那种大事件发生了,那片土地还是想去看看的。

"嗯!我只喜欢那里的夏天。"

我有点惊讶地盯着里美:"你呀,那可是你自己的家乡啊,不怎么喜欢?"

"我?我喜欢城里。"里美小声说道,给了我一个略微垂下的侧脸。

4

极短的航行后,船身慢慢向右旋转,面对陆地呈直角向山下公园驶去。冰川丸①号渐行渐近,船要驶进紧挨着冰川丸的地方。

"哎?!这就到啦?"里美不满地叫起来。

一个小型水泥防波堤渐渐靠近。防波堤前端配有一座矮墩墩的白色灯塔,船要进入灯塔脚下左侧。右侧则是冰川丸。左手边岸上建有涂着蓝漆板墙的民居,这些房屋也徐徐迫近。涂成白色的窗框,看来像是外国建筑。从海面靠近陆地,司空见惯的景物也带上了异国风情。

---

① 冰川丸:1930年竣工的日本12000吨级邮轮,曾长途行运于北太平洋航线。现作为博物馆船在横滨公开展出。

船到码头,我们站起身,在新格兰酒店前的山下公园处上岸。太阳还老高,回首远眺,大海蔚蓝一片,波光闪闪。横滨的海也变漂亮了。

我们没出公园,直接走向园内左边。不一会儿,出现了高迪①风格独具匠心的石阶与流水,拾级而上,右边跨越车道的过街天桥赫然在目。桥的这边有座拱门,要上桥必须钻过拱门,拱门上写着"欢迎来到横滨人形②之家"。路对面就是横滨人形之家。

因为是顺路,就决定进去瞅瞅。我和里美都是第一次来,过桥时,正前方海洋塔③清晰可见。

人形之家的收藏可谓精美绝伦,尤其令我赞叹不已的并非海外人形群,而是国产人形。自江户时代④直至明治、大正⑤年间制作的雏人形⑥藏品让我尤为惊叹。他们排列在豪华壮观的屋顶模型下,仿佛冻住了一般纹丝不动的模样略显古怪。为保护人形,收藏空间被设置得比较阴暗,环视着三五成群或坐或立的他们,感觉像是窥探到了一个奇异的世界。

---

① 高迪:指西班牙建筑师安东尼奥·高迪(1852-1926)。
② 人形:人偶。
③ 海洋塔:横滨海洋塔,横滨港的象征,毗连山下公园,曾有灯塔功能。2010年4月1日被认定为"恋人的圣地"。
④ 江户时代:1603年至1867年,又称德川时代、幕藩体制时代。
⑤ 大正:大正时代,1912年至1926年。
⑥ 雏人形:每年三月三日的日本传统节日女儿节上陈列的人偶。

里美说了声"好可怕"。古旧的人形怏怏不快的表情的确可怖，一部分人形脸上的涂饰剥落下来，双颊看上去仿佛被火烧伤了。这样的人形，给人留下一种心怀怨恨、默默地盯视着参观者的印象。

从人形之家出来，面前就是运河。沿运河行进便到了元町、石川町。这一带充斥着车辆的噪声，不提高嗓门儿根本无法聊天。因此我们静静地走了片刻。

二十年前，曾与一个难以忘怀的人漫步至此。当时，那人对我说过这句话，话音至今萦绕耳畔。

"听说这上面要建高速公路。"

这条运河的上面要建高速公路？当时我颇感震惊。因为把它当成了一个罪孽深重的恶行，一时间竟无法相信。真的能建成高速公路吗？在如此浩荡的水面之上？

高速公路建成后，阳光就照射不到水面上了。河水一定会沉淀、浑浊，变成夜的颜色并腐臭下去。我生出了这样的切肤之感，甚至有些恼火。大概因为那一刻我的心里就布满了夜色吧。此时此刻我醒悟过来。

眼下，面前真的建成了高速公路。当时，运河上漂浮着许多开始腐朽的小船，船上无数的水上生活者如寄生其上一般苟且度日。他们都去了哪里？阳光的确照不到运河上，但河水反倒更清澈了。闻不到臭味，巨大的流木①般的旧船都不知哪里去了，

---

① 流木：漂流的木材。

被水淹没了半截的废船也被清理干净、无影无踪。

我凭栏凝视水面片刻。这一带是变整洁了,可一些令人怀念的美好事物也随之灰飞烟灭。正如曾经荡漾在水面上的茶室船、极为狭窄拥挤的船上画廊,以及搭建在运河岸边的爵士乐咖啡馆的暗影等等。我与这些贫瘠的事物有过切肤的亲密接触,并在此留下了部分青春时光。想必那些时光也同样沉没于这暗淡无光的水底深处了吧。

"这地方真棒!"里美高声叫喊道,喊声吓了我一跳,我回过神儿来。

"真棒?什么真棒?"我问。

"没看到?眼前生机一片!河上还有那种屋顶!"

"哦,说的是啊!"

"下雨天,船也淋不湿啦!"

我竟莫名其妙地心领神会了。倒也是。这种视角确也存在。里美并不知晓那个这里没有高速公路的时代,而如此夸张地大呼小叫,是因为在贝繁村见不到这大家伙。这种不合理恰恰是都市的象征。

过了桥,在元町商店街稍稍转了转。这里也变漂亮了。车道也好,步道也罢,都是石板铺地,车道还特意设计成高低起伏的瓦楞式样,为的是使车辆减速行驶。我们很快就返回了商店街的入口处,在这里右拐,下了一段坡道很缓的石阶,朝外国人墓地方向走去。

从没想过能如此气定神闲地在这里漫步。时间把我变成了一个对什么都无所谓的人。

来到外国人墓地跟前,门开着,里面的资料馆也对外开放。走进去瞧了瞧,明治大正时代的照片在展示板上摆了一长溜儿,是遭到关东大震灾①破坏后不久的墓地的情景。想来就是用那时的瓦砾建成了刚才的山下公园。接着我们又与前些日子阪神·淡路大地震②的灾后惨状不期而遇。

看罢,我们沿墓地栅栏走进了山手十番馆。因为是个普通日子,人很少,没费事儿就坐在了靠窗位置。透过窗户看得见店外外国人墓地的黑色铁栅栏与其中的墓碑,以及更远处绿色的尽头、海洋塔塔尖和高层建筑群的楼顶。

二十年前,同样是坐在这个位子上。那人在眼下里美坐着的位置上问我:想住在这样的地方吗?我笑答:想都不敢想,偶尔能来玩玩就心满意足了。

"我在这附近租了房子!"里美嚷嚷道,"在那边坡道的尽头,虽说景致不怎么样,但是个单间公寓,离学校近,大学就在这条路上。"

我"啊"地应了一声,不由自主地点点头。对于那时的我来

---

① 关东大震灾:1923年9月1日日本关东及邻近地区发生的大地震,推定震级7.9~8.3。
② 阪神·淡路大地震:1995年1月17日发生在日本兵库县南部的地震引发的大规模地震灾害,震级7.3。

说,山手这类地方根本就是可望不可即的。然而年轻气盛的她,却全然没有那种感觉。

随后,我沉思良久,无论如何也无法释怀那个如同深深的旧伤般的事件。掐指一算,眼前的里美恰好就是那时出生的。

愕然之余,我叹了口气。竟有这等事!时代自然变了,或许我也必须有所改变。

"怎么啦,先生?一直在冥思苦想。"里美问。

"啊,没什么。"我从沉思中挣脱出来,目光回到了面前里美稍带担心的笑脸上。

是啊,今天就别再琢磨那些事了。在我跟前的是名叫里美的女子。此时此地脑袋里老是装着二十年前的女性,对眼前的她未免太过失礼。

5

踱进"看得见海港的丘公园"①,我们径直走到大佛次郎②纪念馆的喷水池前,在长椅上静坐片刻。我细细品味,这说不定有

---

① 看得见海港的丘公园:位于横滨市中区山下町的城市公园(风景公园),1962年开园,得名于战后流行歌曲《看得见海港的山丘》。
② 大佛次郎:原名野尻清彦(1897-1973),日本小说家。

点约会的味道。说实在的,无论怎么想,我也搞不清楚。首先,年龄差距悬殊。就算是老师跟学生,也会比我与里美的年龄差距更小一些。里美的态度里也看不出对待恋人的那种随意自在。说话时不知不觉间会熟不拘礼,却又猛地发觉不对,马上改用敬语。自打在贝繁村见面时起就这样。

感觉自己不该想入非非。什么也别打算,什么也别期待。既不是那种状况,年龄也不般配。单单能与这青春年少魅力无穷的女孩子交上朋友,我就该感到幸运满足了。

站起身时,里美这样对我说道:

"自那事以后,我读了好多先生写的书!"

"哎?真的?"我暗吃一惊。

可能大家都以为写作是件开心的事,偏偏我压根儿不那么想。因为根本没有自己在写东西的真实感,我只不过是一台行走的文字处理机罢了。

"大学的朋友们也都知道先生的大名,大学里还有推理小说研究会呢!"

"是吗?塞里图斯?"

"塞里图斯有,以前的大学也有。"

"是吗?"

最近,推理小说研究会这类社团很流行?

"先生,下次能请您来我们学校的推理小说研究会演讲吗?"

里美随口一说,我却吓得魂飞魄散,几乎全身都在抽搐。

"啊？不行,绝对不行!"我坚决地回绝了她。只是这一瞬间,心脏已怦怦跳个不停了。

"为什么呀?"里美不高兴地问。

"因为我根本就不会演讲啊!"

"嗯?为什么不会?"

"什么叫'为什么不会',因为没演讲过嘛。"我解释道。

大概里美以为,作家这类人都会演讲吧。其他要求的话,什么都可以答应,唯独演讲绝对不行。

"那往后就开始呗!什么事都得练习嘛!先生!"

"可实在不合适啊。塞里图斯这学校,清一色的女生吧?"

"当然!要不怎么叫女大嘛!"

"在一大堆女学生面前喋喋不休地聊上几个小时,我绝对办不到。"

"那么,光问答也行。"

"那也做不来。我说小美,你今天就为这事给我打电话?演讲委托?"

"嗯,对,就是。"

她很痛快地给出了肯定的回答,而我只能默默忍受心中的悲苦。尽管没什么特别期待,到头来还是这么回事。这就是所谓现实。恋爱感情什么的,根本不可能如此简单地就发生。里美这是代表大学里的伙伴们向我这熟人交涉来了。

离开看得见海港的丘公园时,太阳开始西沉了。我不禁陷入沉默,自顾自地一味向前走。又回到外国人墓地前,右拐,走下了来时的坡道。

"哎,先生。"里美又说。

"怎么了?"

"那位御手洗先生,真有这人?"

"唔,这也是大家要你来问的?"

"不算是,也有要问的,不过我也想知道。"

"真有啊,眼下不在,去国外了。"

"噢,果然确有其人!"

"有啊,是个脑袋不太正常的家伙。"

"是先生的朋友?"

"算是吧。"

不晓得对方是不是也这样以为。

"哦。"

"你参加推理小说研究会了?"

"嗯?算是吧。"

"都搞些什么活动?"

"没怎么搞活动,商量着先搞个同人志①。"

"漫画?"

"不是,我负责文字。不过偶尔也画画漫画。"

---

① 同人志:相同爱好的人创办的杂志。

"这样啊。"

我们不住脚地往前走,穿过元町进了中华街。二十年前的同一家杂货店仍然开门纳客。我们也走进店内。

跟里美两人慢条斯理地在店里闲逛时,感觉眼前的情景似曾相识。时隔二十年,我正在重复同一件事情。我惊恐地预感到,她拿起一只玩具,没理由地就要买下它的那一幕即将发生,于是赶紧走出了小店。

"小美,是不是又饿了?"我问。

"有点。"里美答。

在中华街上蹓跶的同时,我也在搜寻合适的饭店。二十年前与她共餐的那家简陋的小店在哪儿来着?我寻思着唯独要避开那儿。可那小店不知是关门了还是改装了,怎么也找不到它,甚至连位置都判断不出了。不过这对我来说不啻为一桩幸事。

我们走进近旁一家小店。店里壁材、桌椅全套崭新。虽说如此,也不敢保证这不是当年那家店重新装修了。因为我自己也没记住那小店的字号。

落座后,立刻就有女店员过来倒水,接着又将大幅菜单分别摊放在我们面前。因为口渴,我先要了啤酒和两个杯子,并告知女店员点餐得慢慢来。店员点头离开。

"小美,想吃什么?"我问。

"嗯,吃什么好呢,没特别……"里美浏览着菜单嘴里嘟嘟囔囔。

"那多选几样,两人分着吃?"我这样提议。

"嗯!好!"

"有什么不喜欢的?"

"没有。"

里美应声时啤酒上来了,我点了炒面、沙拉、几盘海鲜类菜品,给里美杯里斟满啤酒后,她一把夺过酒瓶,给我的杯子也倒上,动作格外娴熟。

"为重逢干杯!"里美说。

"唔,干杯!"然后碰杯喝了一口,我忽地想起一件事,"哎呀,对了,你不还是未成年?"

"是,不过没问题。"里美一饮而尽后嚷道,"请加酒!"

我慌忙给她加酒。

"啊,口渴啦!先生经常在这里吃饭吧?"

我问何以见得。

"刚才点菜相当熟门熟路嘛!"说着,她又一口气喝下大半杯。

看来她说这些并无深意,而刚才闻听此言的瞬间,我竟愣愣地连啤酒都忘了喝。

记忆飞向二十年前的远方。跟良子一起走进这条街上不知哪家饭店的那天,我什么吃的也没点上来。因为当时对中华料理,我只知道拉面、饺子、炒饭这几样。现在确实记住了不少菜名,也熟知在这种店里该如何点餐。不知不觉间,我的生活发生了变化,如果这叫成长的话,那多少也算是成长了。

尖酸刻薄、对任何事物都保持挑战姿态、容易伤害他人却又完全软弱无力的那个年纪,所有的劣迹都源于自身的无知。良子离世时呱呱坠地的女孩这样教导我。

"啊,能见面真开心!"里美红着脸说,"很想见见啊!"

"见谁?我?"我问。

里美点点头。

"嗯,我也是。"我含混不清地说。

她想见的人是从事写作这一行业的我。

"咦?先生没太有精神,怎么回事呀?"

"你要是不为演讲委托而来,我会更高兴。"

我说着喝了口啤酒,心情沉重起来。如果不被大学推理小说研究会的伙伴们恳愿,即便来了横滨,里美肯定也不会给我打电话。

"先生,就那么讨厌演讲?"

"嗯!"我言简意赅地答道。演讲与唱卡拉OK,说这两样是世间最让我讨厌的东西也不为过。

"先生,我在贝繁的高中基本上就是个劣等生!"

"唔,是吗?"我应答着,心想这是什么意思。

"考上广岛的大学以后,我拼了命地用功上进,整整一年,一点也没玩,把心思全都用在了学习上。"

"啊,是吗!"

"为让父母心服口服,我必须得考进广岛的大学,在大学里取得好成绩,二年级的时候再转学到东京或横滨的大学,下决心一定要这么做,也就有干劲儿拼命了!"

"嚆,厉害!你可真不得了!"我赞叹道,说完又沉默下来。

"先生,好怪啊!"里美冷不丁说道。

"我怪?哪儿怪?"

"哪儿都怪!啤酒喝光啦!"

"还是别再喝了吧,你是未成年人嘛。"我说。记忆里自己似乎还不曾获得过"好怪"这样的评价。

"先生太较真啦!"里美哈哈笑起来,接着又扬起下巴,一圈圈环视店内,"我也没想到自己能做得到这些。可是一定要挑战!先生也挑战挑战该多好!"

说完,她目不转睛地盯着我。对这诱人心神的目光,我没做任何反应,但身体却仿佛缩成一团,对她的问题避而不答。此时此刻,我感觉自己活像一只胆小懦弱的绵羊。

"不过先生,今天真开心!"为缓和气氛,里美开口道,"太谢谢您啦!"

气氛一变,我不禁松了一口气。

"哪里,我也很开心,也谢谢你。另外,对不住你,不能去演讲。请向朋友们致歉。"

"横滨真棒!我顶喜欢!"她没理会我的话,满脸绯红,喊叫似的说。随后她又突然压低了声音,用听来极其随便的口气继续说道:"先生,演讲什么的,其实我才不在乎呢!"

"是吗？"听她这么一说，我放宽了心。

"您想，像我这样的懒虫，为什么会那么拼命地学习呢？"

"什么为什么，不是想来东京或横滨吗？"

"不就因为想见先生嘛！明白了吧！"

"什么啊？"我惊道。

"啊——喝醉啦！"

里美说着，长长地吐了口气。看到她的这一举动，惊喜猛然涌上心头。因为太惊喜，什么话也说不出来了，于是我默默地一动不动。给狐仙迷住才会有这种心情吧，脑袋里竟冒出这等愚蠢的念头。

"怎么？先生，哪儿不对头？"里美问。

她那副若无其事到不自然的样子让我莫名地不安起来，里美莫非对年长的男人说惯了这类台词？

不过，我旋即又想，这些都无所谓了。就算真是那样，不也挺好？刚才她说的那些话就尽可能珍惜吧。或许由此可以对拖拖拉拉了许多年的事情做个了断。

回想起来，今天我跟里美走过的几乎就是二十年前与良子漫步的同一路线。毫无防备地，我把那时的路线复习了一遍，但它并没给我带来一丁点的痛苦或恐怖，这让我惊诧不已。二十年的岁月固然使我生出了免疫力，其实更有里美这姑娘的魅力在推波助澜。今天一整天，我被这女孩活力无限的气场包裹得严严实实，它如同吗啡一般，将我的苦痛消解得无影无踪。

不敢期待将来能与这年轻姑娘快快乐乐地长久交往下去，然而神却真真切切地给我送来了死去的良子的转世再生之身。什么也不想，什么非分的期待都没有，现在只愿深深地感恩致谢。

无声地细细咀嚼这喜悦良久，有种自己一定能够重新振作起来的预感涌上心头，我不由自主地向女店员抬起手。我向走近前来的店员又要了一瓶啤酒。

"啊，先生，我还未成年。"听见里美的声音。

"没问题，没问题，今天是个特别的日子嘛！"我说。生出一种把全部财产都押上也无妨的心情。"就算因为灌你酒，今晚被逮起来也愿意。"

听我这么一说，里美更是口吐奇言。

"没——关系，我都习惯了。绝对不会被逮捕的。"

"什么？习惯什么了？警察？"我心里惊了一下问。

"秘密。"里美红着脸答道。

大根① 奇闻

1

那是里美因转进塞里图斯女大而来到横滨约一个月后,平成八年五月的事。尽管是一桩小事,却是我至今都难以忘怀的奇异经历。此事跟之前的刑事案件相比可谓别具一格,有些地方竟不知如何下笔,姑且就回到事情的最初,从头道来吧。

那天,差不多是我与里美的第三次见面。那会儿相识仅一年,重逢也是在一年之后,彼此谈话的语气还挺拘谨,我也常被里美取笑。话题主要围绕里美的大学生活展开,除此之外,顶多涉及横滨的街市印象。当时她还没怎么看过我的书,所以也没什么别的话题可聊。照例在马车道十番馆边喝茶边聊天时,里美看见了另一边坐席上一位熟人的面孔。

里美恭恭敬敬地深鞠一躬后站起身说:"啊,给您介绍

---

① 大根:萝卜。

一下。"

如此郑重其事让我心里很纳闷,这到底是哪位啊?

一位西装革履的黑边眼镜男离开自己的坐席向我们走来。眼镜男看起来很年轻,向我点头致意时,脸上始终挂着令人舒心的微笑。年龄大概跟我差不多吧。

"石冈先生,这位是我们大学的教授,御名木教授。"里美介绍说。

"敝姓御名木。"他彬彬有礼地开口道。

"御名木教授也一直很关照推理小说研究会呢!教授,这位是石冈先生。"

我也慌忙鞠躬还礼。原来是里美的大学老师。相当年轻的教授。

"噢,失敬!初次见面请多指教。"我说。

"岂敢,能得会先生真是欣喜之至。石冈先生的大作敝人全都拜读过。哎呀,还想着什么时候能见见您呢……"御名木说。

"哦?当真?惭愧惭愧!"我吃惊道。大学教授这等了不起的人物会看我这种人写的书?此前想都没想过。

御名木像是正在独自看书,于是便移到了我们的坐席上。三人一桌,闲聊了一阵子。

"您忙吗?"御名木问我。

"不忙,闲得很。偶尔有忙起来的时候,多是在截稿前。"我答道。

"有关创作技巧,下次一定要细细向您请教一番。"教授说,"让我采访采访您。"

我闻听此言,颇为惊诧。

"啊?技巧?哪里……噢,随便聊聊当然什么时候都行,不过我写的那些算不上创作,只是讲讲自身经历罢了,就像小孩子的郊游作文……"

对我而言,只不过把日常所思所想说出口而已,但这话看来极让御名木意外,他可劲儿笑了一阵。有这么可笑?可笑在哪儿?我万分不解。

"先生,您说得真有意思。"教授说。

"哈……"我也苦笑了一下。

"真是太有意思了,这位先生!"里美也精神头儿十足地跟着嚷嚷。

"喂,什么有意思?"我小声问里美,不问明白,就无法解释我内心的疑问。

"噢,表情呀什么的。"

没想到里美会这样说,我不禁僵住了。也就是说,可笑的并不是说话内容,而是我的表情。

"先生,下次请来我们大学做个演讲……"

御名木话音未落,我就感觉心脏要停止跳动了,险些把口里的红茶全喷出去,费了好大的劲儿才勉强憋住。想咽下去,又因咽得太急呛了一口。

"啊,石冈先生不会演讲。"里美快人快语。

"噢？为何？"御名木像是不可思议地问。

对于一个每天在学生面前讲课的人来说,不会演讲这种状况想必是很难理解的。因此我只得暧昧地笑笑,除了老老实实等待转换话题别无他途。

"我很喜欢那位教授。"御名木离开后里美说。

"为什么喜欢？"

"不摆架子、讲课卖力,方方面面都为我们考虑。我常想,能遇到这样的老师,来塞里图斯是选对了！"

那天之后过了大约两周,一个星期天的傍晚。因为有些资料要查,我去了趟红叶丘[①]的县立图书馆。抱出几本书,正独自在一张清静的桌上细读时,听到有人问:"是石冈先生吗？"我抬头一看,是御名木教授。他也是一个人,正在读类似和本[②]的书籍。我的查阅刚好告一段落,便抱起书离座去了他那边。他也只身一人,所以不成问题。

"前日实在失礼。"我说。

"哪里哪里,倒是敝人失敬了。"御名木说。

"教授,您在查什么吗？"我问。

"啊,这个？"御名木教授说着拿起正在读的书给我看封面。

---

① 红叶丘:地名,位于日本神奈川县横滨市西区。
② 和本:用日本纸印刷装订的线装书。

封面上的"难解之谜"是用毛笔字写的片假名。

"这是哪类专业古文书籍吗?"我问。

"哪里,是幕末[1]越前福井[2]藩主自己编写的英语会话读本。边听边写的那种,有些意思。"

书上写着密密麻麻的英文,英文下方逐一用片假名标注了发音,全都是毛笔字。

"嗬,竟有这种东西?"

"是啊,这类书籍还挺多呢!不光松平春岳[3],德川庆喜[4]也有,他还画油画,画了送给春岳呢!"

"嘿嘿,庆喜就是那位'最后的将军'吧?"

"就是他。"

"松平春岳是福井的?"

"是,藩主。"

"这些您也在研究?"

"嗯,算不上,有这爱好。"御名木不好意思地笑笑,"正一本接一本地到处找这类和本通读呢。在找些东西。"

---

[1] 幕末:江户时代末期。

[2] 越前福井:日本古越前国,现在的福井县岭北中心部治下的藩地。藩主是越前松平家(福井藩主家)。

[3] 松平春岳(1828-1890):幕末至明治初期的诸侯之一,政治家。第16代越前福井藩主。

[4] 德川庆喜(1837-1913):江户幕府第15代征夷大将军,是江户幕府最后的将军也是日本史上最后一位征夷大将军。

"找东西?"

"是啊,算是吧……不过这事说来话长。总之,我现在住在神奈川区的本觉寺附近,跟那也有关吧,不知怎的就对横滨的近代史来了兴趣。"

"您说的本觉寺……"

"对,就是幕末时设置了美国领事馆的那座寺。最早在哈里斯①那会儿,是下田的玉泉寺②,横滨开港后,领事馆就迁到了神奈川宿③的这座寺院。"

"哦——"

"一位名叫赫本④的美国医生曾住在寺里,他用赫本式罗马字编写《和英辞典》好像也是在这座寺院。"

"哦,原来是这样啊!"

我对历史知之甚少,尽管长住横滨,却一丁点也不知道有这档子事。

"您知道有个生麦事件吧?"

"啊,知道。"

---

① 哈里斯:汤森·哈里斯(1804-1878),美国首任驻日公使。
② 下田的玉泉寺:位于日本静冈县下田市的曹洞宗(日本的禅宗流派之一)寺院。
③ 神奈川宿:江户时代的驿站之一。
④ 赫本:詹姆斯·柯蒂斯·赫本(1815-1911),美国著名影星奥黛丽·赫本的祖父,旧译为黑本或平文,江户时代被美国长老派教会派到日本作医疗及传道宣教师。日文的赫本式罗马字拼写方案的设计者。

这种水平的掌故我还是知道的。骑马横穿大名行列①的外国人被队列里的武士当作无礼之徒斩杀的事件。

　　"当时受伤的英国人也被人抬进了这本觉寺,而且还是赫本医生亲手医治的。"

　　"嚄,您真有研究。"我说,"历史我倒是喜欢,只是知识太匮乏。"

　　听我这么说,御名木笑起来。

　　"敢问您是横滨人?"

　　"哪里哪里,算不上算不上,我都算是乡巴佬了。跟这生麦事件肇事者是老乡。"御名木说。

　　"肇事者?什么意思?"

　　"老家是萨摩②,鹿儿岛③。"

　　"啊,在萨摩啊,那诸侯队列……"

　　"正是那里。萨摩的岛津久光④一行,奉京都天皇敕命驾临幕府,归途中发生的事件。身为鹿儿岛人真是脸上无光啊!"

　　"哈哈,所以才这么有研究?"

　　"也有关系。家父研究日本史,在鹿儿岛大学执教过,算是

---

① 大名行列:诸侯携仪仗出行的队列。
② 萨摩:即萨摩藩,日本江户时代的藩属地,位于九州西南部,正式名称为鹿儿岛藩。当时琉球王国也受其控制。
③ 鹿儿岛:鹿儿岛县,日本九州最南端的县,是日本为数不多的观光县之一,也是日本古代文化发源地之一。
④ 岛津久光(1817—1887):江户末期至明治初期的日本政治家。

地方乡土史家吧。我在这种和本堆里长大,也受过这方面的熏陶。先生,在这儿说太多影响周围的人,找个什么地方喝点茶再聊,如何?"

于是我们起身离座。

2

出了图书馆,我们进了同一园区内的茶室,在窗边桌位坐下。春天开始发芽的青绿鲜艳的树木尽在眼前。

"您教犬坊里美同学?"红茶上来前,我问。

"对,她好像是选了我的课。"御名木说。

"您也在做推理小说研究会的顾问?"

"啊,是啊。女子大学嘛,姑且设置了顾问的角色。"

"犬坊同学半路转学进来,跟大家相处融洽吗?"

"唔,看来相当合群。"教授说。

"犬坊里美同学说过喜欢御名木教授,所以来塞里图斯算是选对了路。"

御名木闻言笑了笑,未置一词。在我眼中,这是身边被众多女孩子包围的人从容大度的表现,我艳羡不已。换成是我,如果被人告知里美说过喜欢石冈先生这类话,我肯定不可能还坐得这么稳当。

"跟石冈先生相识……"

"才一年多点,在冈山县①贝繁村的龙卧亭那地方……"

"嗯,知道。拜读过您的大作。"

"啊,那可真不敢当……"

"非常有趣。那起都井睦雄事件②也非常引人深思,其实那个案子并没被一般日本人正确认识。"

"是啊,多亏犬坊同学,才得以了解那段史实,对此我很感激她。"

"嗯,所以嘛,恕我直言,对于这一点,我稍有些放心不下。"

"哎?您说放心不下?"

"唉,可能是我杞人忧天了。"御名木苦笑一声说道。

"有什么问题?"我越发不安起来。

"犬坊同学似乎完全没意识到,她已经相当有名了,尤其在推理小说研究会里。因为她是书里的出场人物嘛!无人不知无人不晓。"

"哦……"

"免不了有同学嫉妒她。"

"哦?是吗?出什么事了吗?"

"没有,尚未表现出来。"

---

① 冈山县:日本行政县之一,位于日本本州岛西南角。
② 都井睦雄事件:1938年5月21日凌晨,在日本冈山县贝尾、坂元两个村庄发生的群体杀人事件,后以犯人都井睦雄的名字命名此案。

"可犬坊同学不该因此遭受指责啊。怎么会有这种不讲理的事……贝繁村那案子,她自己遭了大殃,没想到还会有人搞出这种名堂。"

"并非如此,因为当事一方占理。"

"什么意思?"

"也就是说,大家身份不平等,这个意思。光犬坊同学一个人有名,自然引发不满。好在她们都没意识到自己的嫉妒心理。"

"哎呀,竟有这种事……不过真有吗?"

"世间常有的事,说实话。她跟石冈先生也特别亲密,说不定还能见到御手洗先生不是?这就是处境过于得天独厚引发的联想。"

"哎呀呀……"我心里感到震惊。

"所以嘛,今后会怎样稍有些放心不下。"

"言之有理,给犬坊同学用个化名就好了。"

"嗯,不过也不用太担心。"御名木说。

红茶端来了。我喝着红茶思索片刻,决定换个话题。

"说回刚才幕末的生麦事件,您是说萨摩人觉得脸上无光吧?"

御名木笑了:"是啊。"

"准确地说,这是怎么……"

"也就是说,以现在的观点来看,那个时期的日本有沦为海外列强殖民地的危险。"

"啊？是吗？"我此前没怎么想过这类问题。

"嗯，怎么说呢？因为资源匮乏，正处在命悬一线的关头，银矿铜矿都已挖掘殆尽。所以，作为英国等列强眼中的日本，价值仅仅是他们本国生产的棉织物等大宗商品的倾销地。"

"唔。"

"日本人的生活水平在当时有一定的高度，有些购买力。这对倾销方来说不是坏事。但日本由此自取灭亡，天上掉馅饼一样滚落进列强怀中也是极有可能的。有一种情况，就是国内势力为争夺地盘大打出手，厮杀混战得一塌糊涂，萨长土肥①最终夺取天下之际，差不多也到了国家即将土崩瓦解的时候。因为这时国内平地农田皆化为一片焦土，国民已陷入无粮吃无房住的境地。如果只剩下指望外国势力救援这一条路的话，江户之流自然就变成了外国的被保护国。这种状况乃其一。"

"唔。"

"另一个危险，就是攘夷排外的恐怖活动。这是斩杀洋人的武士们为将洋人从国内驱逐出去而宣讲的所谓正义。然而每次事件发生后，幕府一味道歉只会抬高洋人的地位和待遇，这样一来，日本方面也只得撤回要求，眼瞅着开国就要成为事实了。"

"嘀，真有讽刺意味。"

---

① 萨长土肥：幕末维新期，构成明治新政府军主力的西南四藩的简称，分别为萨摩藩（今鹿儿岛县）、长州藩（今山口县）、土佐藩（今高知县）、肥前藩（今佐贺县）。

"杀戮洋人的事件持续下去,开国问题通过,殖民地化的危险就具体化了。生麦事件就是个警告。尽管萨摩方面强调队列行经东海道①之事已向外国奉行②提交照会,但因不知哪个环节部署上的疏漏,奉行并未接到报告,进而英国公使馆也未听说此事。于是一些英国男女不知躲避队列而在生麦周边信马由缰。因造成人员伤亡,英方自然大为震怒。眼看到了不惜发动战争的地步,联同法军推进停泊于江户湾③深处的军舰,大炮瞄向江户街市与江户城,逼迫日本谢罪并支付赔偿金。这的的确确是战争一触即发的危急时刻,此时战争爆发也不足为奇。事件的正当性在英方,从火器性能差异上看,日本必然大败,这件事成为殖民地化导火索的危险已大大存在了。"

"嗯,的确如此,可不是嘛。"

"特别是英国,这敌手太难对付。当时,在横滨外国人居留地生活的洋人总人口大概不到三百,其中约半数是英国人。这绝对属于压倒性的数量,没准是美国人的两倍。其他国家仅有十几人。而且对外贸易中百分之八十的交易对象是英国人,十九世纪确实是大英帝国的鼎盛期嘛!"

"生麦事件结果是怎样来着?"

---

① 东海道:日本五畿七道之一,指本州岛太平洋侧的中部行政区域及通过该区域的干线道路。
② 奉行:武士时代的官职名,依据政务分管担当执行公务的人。后文的"奉行所"即奉行办公的场所。
③ 江户湾:这里指明治时代以后,近代及江户后期的东京湾。

"幕府愿以支付十万英镑赔偿金换取平安无事,但萨摩藩拒绝掏钱,跟英国来了场萨英战争,吃了大败仗。就在鹿儿岛湾海域。"

"哦,对对。"

"所以自然脸上无光啦,诱发了亡国危机嘛。"御名木笑笑说。

"可是后来,萨摩联合长州夺取了政权吧?"

"是这样。萨英战争后与英国达成和解,萨摩开始从英国购买武器等物资。通过战争较量一番,日方充分意识到武器性能的天壤之别。枪炮的射程完全没法比,英国海军使用的阿姆斯特朗炮①的炮弹自身就能爆炸。而当时的日本,炮弹还只是些铁疙瘩,枪也还是火绳枪。更要命的是,日本根本就没有海军,因此也就无法击沉敌舰。而英国一方,是有意借机打上一仗的,趁日本的军事装备极端陈旧之机,一交手便清楚不费吹灰之力就能大获全胜。

"本来萨摩主张开国长远策略,与长州势不两立。就是姑且开国使国家先富裕起来,装备好西洋新式武器后再实行攘夷政策,回归闭关锁国的状态。这策略是利是弊权且不论,骨子里其实就是明治政府的大略方针。"

---

① 阿姆斯特朗炮:英国人威廉姆·阿姆斯特朗 1855 年开发的一种大型线膛炮,填弹速度较以往其他类型火炮有大幅提高。

我点点头,感觉像是在上日本史研究班。教授这种人,似乎在不知不觉中就能给周围的人开起讲座来。

"真是大长见识受益匪浅。"我说。

"岂敢,不懂装懂,失敬失敬。其实我的历史知识实在贫乏,纯属一知半解……"

"没有的事!历史书上都难得一见的观点啊!大学教授的确不同凡响!"

"请莫要说笑,这些都是从家父那里现学现卖的。家父在这方面倒是知之甚详,应该算是终其一生在研究吧。白天黑夜无时无刻不把历史挂在嘴边,净琢磨日本史、萨摩史了。历史迷吧,迷成那样已算是一种病了。"

我想起了御手洗。

"令尊身子还硬朗?"

"唉,去年过世了。临终前把我叫到榻前,留下了一段古怪的遗言。"

"古怪的遗言?"

"是啊,家父似乎尚有心事未了。"

"有关遗产?"

"啊,一般是那样。但家父与众不同,还是历史。好像有个直到弥留之际仍在思考的不解之谜。"

"不解之谜?也是个历史问题?"

"止是。他说,'你来替我解开'。这不是给人添麻烦吗?我是法学系的,专业就不同。"

我来了兴致,对"谜"这一用词产生了感性的反应。我说:

"谜?我这样的可能听了也根本不明白,不过是个什么样的谜呢?要是方便的话……"

"嗯,其实一直想找机会说给石冈先生还有您的朋友听听。不过因为不是什么涉及日本命运的重大谜题,现在已没有调查的意义了。"

"是个历史问题吧?"

"是的。算是萨摩乡土史上的一个未解之谜。"御名木说着喝了口红茶。

3

"现在我随口一说,不是什么涉及日本命运的重大谜题,然而仔细想来,也许并非如此。从某种意义上说,应该与命运大有关联。因为那时萨摩有个名叫酒匈带刀的下级武士,他身为一介军士,在明治维新时期曾相当活跃,这是此人小时候的故事。"御名木说。

"唔。"

"这位酒匈,刀剑本领胜人一筹、学识渊博、性格沉稳、精通书画,也是西乡隆盛①的友人。尽管西乡被幕府要求去征讨长州,尽管跟长州又是那么水火不容,却最终放过长州并同其结成萨长军事联盟,与胜海舟②共谋,没造成任何破坏,兵不血刃入主江户,这些著名的温和政策,据说其实都是靠了酒匂的指点。"

"噢——"

"西乡是位好战之士,早先就极力主张攻打幕府、斩卜庆喜首级之类的做法,但中途却突然来了个一百八十度的大转弯,传言就是因为偶遇了酒匂。"

"唔——"

"如此看来,日本历史说不定就因这位酒匂的存在而发生了改变。酒匂带刀出生在土佐藩一个名曰清水五郎左卫门的下级武士家庭,到底还是出身武士之家。家里十一个孩子他是最小的,因为家里穷,为减少一张吃饭的嘴,他被送到一个叫戊提寺的寺院做养子,由人称寂光法师的和尚照顾。虽是和尚,寂光法师却因寺内的某些原因,不得不离寺出走,开始漫长的流浪化缘之旅。"

"哦——"

"寂光法师领着心爱的带刀踏上了这条吃了上顿不知何时

---

① 西乡隆盛(1828-1877):日本江户末期的武士(萨摩藩士)、军人、政治家,明治维新三杰之一。
② 胜海舟(1823-1899):江户末期至明治初期的武士、政治家,奠定日本海军基础,被称为"日本海军之父"。

有下顿的艰辛的修行之路。当时带刀的幼名叫矢七,只有七岁。"

"嚆——"

"两人途经九州①时,寂光得了重病。矢七费尽心思竭尽全力想从沿途人家讨些有营养的食物或药品,可食物也日渐稀缺起来。尽管正逢秋收之季,但因那年根本就没下雨,作物歉收,没打下稻米。他们又寻思只要往南走,天暖和,吃的问题总有法子解决。于是,寂光拖着病体,想方设法地护佑着养子矢七,一路南下,好歹进了萨摩地界,不承想这却是最坏的选择。"

"何出此言?"我探身向前问道。

"来这一看,大吃一惊。在萨摩地界上走啊走啊,不管怎么走,都是一望无际白茫茫一片,作物颗粒无收。"

"哦?"

"一棵稻子也没结穗。"

"怎么回事?"

"时值天保九年(1838年),那年樱岛②火山爆发。这次喷发之剧烈可谓史上少有,不分日夜不间歇地喷出的大量火山灰突袭了萨摩地区。日复一日,村庄笼罩在浓雾般的灰尘下,伸手不见五指。地面被火山灰覆盖,雪白雪白的,土地都辨认不出来了。

---

① 九州:又称九州岛,日本第三大岛,位于日本西南端。古代该岛分为筑前、萨摩等九个令制国,故得名。
② 樱岛:位于日本九州南部鹿儿岛湾的活火山,面积77平方公里,原是孤岛,因1914年的喷发,使其与鹿儿岛市对面的大隅半岛连为一体。

肺部染尘得病的、两眼溃烂的、因沉重的火山灰压垮住房而惨死的天灾受害者不计其数,遭灾最重的当然要数农田了。"

"的确如此。"

"鹿儿岛至今还时时遭受此类灾害,但那次已相当严重了。樱岛这座火山,属火山灰型,世界罕见。"

"据说是这样!"

"而且火山周边,还有像鹿儿岛这样的人口密集的街市近在咫尺,真是全球少见的特例。"

"嗯——"

"我们鹿儿岛人,自古时起就一直深受樱岛灾害之苦,而这一年尤为严重,说灭顶之灾都不为过。据载,天保九年,萨摩耕地一片惨白,田地作物颗粒无收。最惨的是水稻,就连一粒稻谷都没结出。全都枯死,绝产!"

"啊呀!"

"不光水稻,旱地也全完蛋了,蔬菜、水果什么也没收下来。因此,这一年的萨摩几乎就没东西吃!传言连老鼠飞鸟都不见了踪影。"

"嘀——"

"再就只能指望海产品了,可唯独这一年,偏偏连鱼啊贝啊这类海产品的捕获量也少之又少。进献给藩主后,以渔夫为主,大家各分一点点,这点东西转眼就分个精光。最后只有向琉球①求救了,官府发出命令要求提供稻米,但那边也没余粮,因此稻米基本上没给送来。也向邻近诸国请求救援了,结果哪里都没富余。更糟的是,近邻各地都因久旱无雨而歉收,粮食供应捉襟见肘自顾不暇。

"接着,事态愈发不可收拾。萨摩住民将贮备的酱菜、干货分配给大家小口嚼咽充饥,这些吃的很快也被一扫而光。饥荒到底出现了。转眼间就开始有人饿死。接下来有了连锁反应,主要是老人、病人和孩子,接二连三地有人死去。眼睁睁地看着死者越来越多,萨摩呈现出了地狱之相。同为饥荒,这次算是相当惨烈的了。

"宰杀猫狗食之者,捕捉昆虫食之者,抠掘墙土食之者,这些都还算说得过去的。慢慢开始有人偷偷吃掉饿死之人或病死家人身上的皮肉了。一嗅到焚烧死尸的气味,附近的人便聚拢过来,不容分说地争相抢食。听说邻家死了孩子就都挖空心思悄悄潜进人家偷夺尸骨。简直就是地狱。火山灰覆盖下的白色地狱啊!藩里贴出告示严令禁食人肉,却根本无济于事。"

"啊呀……"

"日本史上,饥荒在全国各地都以不同形式出现过,萨摩这次最惨!因灾情源自火山灰,农作物被摧毁得最为彻底,斩草除

---

① 琉球:现在的日本冲绳县,位于台湾岛和日本九州之间。

根般干净。由此,悲剧也迅速蔓延开来,马上就开始死人了。"

"原来如此。"

"不过,所幸,这里有种作物倒是收成不错,仅此而已。"

"什么作物?"

"萝卜。村头一角,不知何故,唯独这儿有块地萝卜丰收了,而且出现奇迹,萝卜个个长得又粗又大,不同寻常。萝卜大得全都有成年人的一搂多粗。"

"樱岛萝卜?"

"对,您都知道啊。当地话叫'岛大根'。这个品种现在进行科学管理,能够有组织地大量收获了,但在江户时代,长出什么全靠天意。长得又大又粗还是普通大小,在实际长成那样之前无人知晓,因为它是种突发变异。在这饥荒之年,唯有'岛大根',也唯有一户农家的田地一角,异样地丰收了。地里结的萝卜,每个都是一搂多粗的大家伙。"

"嚄,老天相助啊!"

"绝对是老天相助!这也算是个遗传学上的谜题,为什么'岛大根'偏偏只在火山灰土壤上结果呢?因此,在作物绝产的这一年,单单'岛大根'丰收了。可再大的萝卜也仅在那一块地里有,数量也根本没多到能塞满藩里所有人的嘴、能均等地将所有人都从饥荒中解救出来的程度。萝卜放置此处不加管理的话,很快就会成为饥民争夺的对象,于是官府下达严令:萝卜地周边用网绳围起来,偷食萝卜者以死罪论处。"

"唔——"

"的确严厉,却也是不得已而为之吧。置之不理,一旦哄抢起来,最终还是会死人。因为萝卜实在太大,偷一个就能很轻松地解决十人份、二十人份的口粮问题。此类禁令以前在渔村也颁布过,偷鱼者确实被判了死罪,而且还有六人之多。因此这道禁令绝非儿戏,藩里也是动了违令必斩的念头。"

"是啊。"

"但村里的老百姓却愤愤不平,理由是大萝卜这么难得的食物就在面前,村民却一个接一个地饿死,特别是其中还有孩子和刚刚出生的婴儿。更有甚者,绝望的母亲也因难忍悲痛追子而去。而且,一直这么老老实实地听令的话,萝卜显然早晚会成为官员的腹中之物。从量上推测,恰好填满以藩主为首的藩里上层武士之口了事,绝没有能轮到进老百姓嘴里的产量。下令不许偷盗就乖乖听令,村里人这样下去肯定全得饿死。"

"那代官① 就得安排人日夜监视……"

"起初似乎是这样。不过说实在的,官府应该也没什么良方妙计。禁食令倒是下达了,可往后如何是好却没了下文。放置时间太久,萝卜就会糠掉,眼瞅着食物就要消失殆尽。如果那样,何不做成萝卜干或切了晒干盐渍起来?可连这样的指示也没有。官府的无谋无策更引发了村民的愤怒与绝望。"

---

① 代官:代理官职的人。

"唉——"

"寂光法师与矢七当然没想到会误入这地狱的最底层,法师终因体力衰竭,倒伏在这萝卜地的近旁。病入膏肓,生命至此已接近尽头。七岁的矢七也同样倒在路上,距离饿死仅一步之遥。真要路毙了。"

"是啊,可怜这七岁的孩子。"

"不过幸运的是,两人被村里一位叫阿嘉的老婆婆救了起来。当然,阿嘉婆喊来邻居将两人抬到自己的破屋里,顶多也就服侍他们躺下喂口水喝,能让倒下的两人果腹的东西却什么都没有。"

"可不是!"

"所以两人横竖都难逃一死,只不过不必死于路边,至少能死在被褥上了。另外,详细记载当时情况的一本书流传了下来,名叫《大根奇闻》,是酒匂带刀到了明治时期之后才写的,有回忆录的性质。这就是家父的遗物,离世前将这东西给了我,现在还在我横滨的家里。"

"什么?也就是说这七岁的孩子得救了?"我吃惊地问。

"得救了。不光孩子,寂光法师也活了下来,还到别的地方,在河上搭桥什么的,留下诸多善行。矢七大难不死,之后在维新运动中大显身手,都成了政府要人。谜题就在此处,乡土史专业的家父无论如何都解不开的谜题。眼看就要饿死、病死的两人,是怎样获救保住性命的呢?"

"也就是两人吃了什么得以幸存这一谜题?"

"不,并非如此。吃的东西已搞清楚了。"说着,御名木叹了口气,"虽说吃了,可又是怎样活下来的呢?"

"嗯?"

"不止他们两人,那位阿嘉——救下两人的老婆婆也得以活命。三人到底是怎样死里逃生的呢?"

4

能想象得出,天保九年的萨摩沓掛村与末法时期[①]所言之地狱别无二致。11月10日,寂光与矢七拼尽全力、挣扎着踩稳软沓沓的地面、踏进沓掛村时,火山灰的气味与死尸的腐臭已完全遮蔽了高空。天色尽失,鸟雀无踪。

天与地的分界线消失了。火山灰飘荡空中,地表被一层薄薄的污物严严地覆盖着,根本搞不清楚脚下的地面本就是村路,还是原来的田地或草地,抑或人家的庭院。火山灰厚厚地布满地面,掩藏了所有交界线。每挪一步,灰土都没过脚踝。有时甚至会噗地一声齐上膝盖,拖着衰弱的身体一步一步走着,从火山灰中拔出腿脚也要耗费相当大的气力。草鞋经过处带起灰尘,

---

① 末法时期:佛教用语。

呛得人干咳不止。有气无力的躯体被咳嗽震得摇摇颤颤,十分难受。

村里的一切都被埋在火山灰下。绿草丝毫不见,树木被火山灰埋了半截。连农家的草葺屋檐都被火山灰掩埋,只在高高堆起的泛白的灰尘上露出个脏兮兮的头。屋檐下依稀可见曾经有人住过的斑驳暗痕,屋里却不见人。目力所及之处的住宅,犹如一片片荒凉凌乱的废墟。

脚下路边,隆起的灰堆随处可见,用拐杖戳戳,大都是被落下的灰尘隐没的尸骸。多数是动物,也有死人混于其间。挖出一看,动物都干瘪干瘪的,只剩下皮毛,却不是自然风干的模样,后腿与腹部完全变成了空洞,想必是被人剜肉吃掉形成的。

越往村里走死人越多。从灰下拖出查看,死尸多半被剥去了衣服,尸身一丝不挂不说,后背或屁股上的肉都被剜掉。眼见这具尸体背上倒是完好无损,可扒开灰翻转过来再瞧,腹部一侧却又空空如也,只剩下了骨头,肚子和腿被撕开口子成了个大窟窿,身上的肉不知是被村民还是路人剜走,总之是被同类吃掉了。动物不这样吃东西。

竟误打误撞地闯进了这么个极度恐怖的地方!每每见到人的尸骸,寂光法师就对身边的矢七说"应该安葬",可旋即又转念作罢,只是口念"南无阿弥陀佛"。自己身虚体弱动手不得,同行的矢七又是个孩子,既搬不动尸体也挖不了深坑,而且还没有工具。渐渐地,连念佛的体力也耗尽,就算看到像是死人的尸骨隆起的灰堆,也只得视若无睹默默走过。寂光咳嗽不断,腹如刀绞,头痛欲裂,高烧难退。更加上已接连四天汤米未进,眼睛也疼痛难耐,连开口说话都吃力。耳朵也听不真切,身体颤抖得靠拄着拐杖勉强挪步而已。寂光心里清楚,自己早晚难逃倒毙路边之劫。

最令他心酸的是,同行的孩子也日渐虚弱。自己死在这里不足为惜,拖累带出来的年幼的孩子也搭上性命却着实不忍。这样下去,孩子注定同样深陷厄运。寂光心中哀叹,为了这孩子,无论如何得化口吃的,但他已心有余而力不足了。不消说根本没了跟当地人搭话的气力,就算能搭上话,当地人或是旅人身上也不见得有东西能施舍给他们吃吧!

动物的、植物的、堆满五花八门遗骸的世界,哪里都不见一丁点血色。所有一切都枯竭干瘪,所有一切都染上了灰色。晚秋的南国,如果是在太平宁静的年月,展现在人们眼前的应该是一片果实累累的景色,然而此时此地,作物没有收成,一切都失去了色彩。天空无色、枯草无色、连偶尔难得一见的盛开的花朵也尽染灰色,宛如一幅幅影画。遍布地面散落各处的尸骨、田地、远山、分散的破屋与排车、贮粪池、连同遮挡其上的小屋顶都成了灰色。这里已是黄泉之国。证据就是,走进村子许久尚未遇到一个活人。别说活人,活着的动物、飞鸟都不曾得见。都死绝了?或是在各自的栖身之处忍饥挨饿,等待死神降临?

在这地狱的底部,不断传来撼动双脚的阵阵地鸣。如猛兽咆哮般的声音低沉悠长,回响于地下深处,不时又像爆发出怒气似的变为巨大的轰响。于是,地震接踵而来,整个世界哗啦啦地为之震颤。有时候不得不因此蹲下身来。

两人步履蹒跚颤颤巍巍地向小丘攀缘,好容易登上丘顶,不由得驻足歇息起来。硬撑着羸弱之躯抬起头来,被火山灰弥漫得模模糊糊的海面尽收眼底。"已然到了大地的尽头?"寂光喃喃自语道,"再往前就是大海了?"南端的汪洋大海,此前一直以这里为最终目的地一路赶来,然而此情此景早已不能给人带来任何慰藉了。大海也不例外,冷森森死一般的光景一望无际。大半个天空隐没于海的远方,不断喷发出滚滚浓烟的樱岛举目可望。

看那里,寂光吃力地对身旁的孩子说:"就是那座着火的大山杀死了所有生灵,把人间变成了地狱吗?天理何在啊!神佛也早已把这片土地遗弃了吗?"寂光和尚摇摇晃晃地倒在灰尘中,松开拐杖从怀里摸索出念珠,冲着樱岛念起佛来。

远方的樱岛,俨然企图挑战佛祖的魔王,发出愤怒的吼叫。咕嘟咕嘟地口吐浓烟,不时闪动着烈焰的红光。喷火的轰鸣声与炸雷相仿,回音不断,瞬间便将气息奄奄的寂光念佛的低语遮盖得无声无息。嘶哑的夹杂着干咳的念佛声,在火山傲然的气势面前是那么颓然无力,不像能起半点作用。漂洋过海扑面而来的火山灰无休无止地飘落在身体周遭,覆满了寂光的袈裟与斗笠。

因念佛用时过长,站在一旁的矢七也在师傅身边蹲坐下来开始祈祷。这时,突然一阵剧痛向他袭来。肚子一直都不舒服,此刻终于忍耐不住,嘴里尝到了胃酸的味道。不容细想,胃袋急剧收缩,呕吐出少量胃液。矢七身子抽搐趴伏在地,试图挨过这难受的一刻,然而苦痛久久不去,昏迷随之而来。

在渐渐模糊的视野一角,矢七目睹慢慢倒伏于灰尘之上的和尚的身影。不能倒下!无论如何都得撑住!想归想,身子却完全麻木,根本不听使唤。眼前一黑的瞬间,感觉有什么狠狠打中了自己的侧头部。啊?这是什么?原来是地面。矢七的记忆就定格在了这里。

矢七苏醒过来,发现自己正仰躺在一床破旧的薄褥子上,透过布面,脊背感触到了身下的稻草。他心里一惊,想说点什么,嗓子却像干裂了似的成不了音,只是从口中发出了如同漏风般的咻咻声。

"噢噢,醒过来啦!"

一个听似苍老的声音不知从哪里传来,这声音也同样有气无力嘶哑孱弱。水、水,矢七想说的是水,却全然发不成水的音。

"水?喝水?"那声音猜度着问。

矢七迷迷瞪瞪地点点头。一只枯瘦冰冷的手轻轻伸向矢七脑后,将头从硬硬的稻草枕头上扶了起来。定睛瞧,一只饭碗移至嘴边,矢七晕乎乎地凑上唇去。

"慢慢来,慢慢来,一下子喝太多,会喝坏肚子啊。"

饭碗里盛着水。矢七听从了那沙哑声音的建议,稍稍克制住自己。水的清凉如梦一般甘美,简直难以相信它竟来自这个世界。水也一整天没喝了。

"啊——好喝。"矢七说。喉咙湿润,总算发出了声。

"好喝吗？好啊,太好啦。"有人应道。

矢七终于缓过气来,这才看清声音的主人是位干瘦的老婆婆。布满皱纹的眼皮下黑黑的眼睛笑成了一条线。

"谢谢婆婆。"矢七说。

"噢,噢,真懂礼貌,聪明的娃儿。"她像是很赞叹地说,老婆婆慈祥可亲。"你多大啦？"她又问。

"我七岁了。"矢七答道。

"叫什么名字？"

"我叫矢七。"

"矢七呀,小矢七真懂事,这么小就跟着大人吃苦啊！婆婆我也有个跟你这么大的孙儿,可他已经死啦,可怜的乖孩子啊。婆婆名叫阿嘉。"

"阿嘉婆婆……"

"是啊,可不是阿嘉婆婆嘛,你这样叫婆婆,婆婆真欢喜。小矢呀,你可来了个要命的地方。怎么样？身子难受吗？"阿嘉婆婆忧心忡忡地问。

"嗯,不要紧,就是一直头晕。"

"头晕啊,是啊,可怜的娃儿,发烧? 几天没吃东西啦?"

"和尚师父……"

矢七没回答阿嘉婆的话,抬头四下打量,自己获救后,最放心不下的就是师父了。死掉了吗? 在这里的只有自己吗? 如果真是这样,得赶紧赶回刚才那地方。所幸,看到寂光法师也躺在旁边的被褥上,似乎还有气,平安无事。谢天谢地!

"这位和尚师父身子更虚,还没醒过来。"阿嘉说。

"和尚师父病了。心脏不好,肚子痛头痛,还发烧。"

"啊——"阿嘉婆叹了口气,"那他可不妙啊,是你爹爹?"

"是。"

"一起赶路过来的?"

"嗯。"

"哎呀呀,从哪里来?"

"从土佐来。"

"啊,大老远的,路上可够受的。"

"婆婆,请您给爹爹些吃的,好吗?"矢七以必死之心央求道,不这样,和尚死定了。

"几天没吃东西了?"

"四天了。"

"是啊,四天啦。你也罢爹爹也罢,不吃点什么都性命难保。必须吃点什么补充营养,不然就饿死了啊。我倒是想给他吃点什么,可家里什么也没有啊,只剩下水了。婆婆也一直什么都没吃啊。"

"是吗？这一带没有寺院吗？"

"沿着前面的坡道下去有个清河寺，去了也一样，根本没吃的。整个村子，哪里都没吃的。所以，村里人一个一个地都死了。"

"啊，是吗？"矢七全身瘫软虚脱一般。虽然得救了，却没东西吃。死期只是稍稍延迟了而已。

"樱岛大喷发，存粮呀收成呀全完了，今年鱼也捕不到，琉球那边也没送来米。婆婆也寻思着这样下去要挨不过今年了。你来的不是时候啊！"

"唔。"矢七默默无语，不知道该说些什么好。应该说，光是救下他，他就非常感激了。在这里，至少能躲避呛得人不停咳嗽的火山灰。

阿嘉婆目不转睛地俯视着矢七的小脸。一沉默下来，远方樱岛喷发的地鸣声又清晰可闻。

"小矢面相很聪明啊，能读书写字吗？"阿嘉婆问。

"能。跟爹爹学过。"矢七答道。

"是吗？做过学问？"

"嗯，一点点。"

"长大后能成个人人物吧。"

矢七对此没能做出任何反应。现在难受成这样，可能都要死在这里了，根本不敢预想长大后会怎样。

"这里是婆婆的家？"

"唉,对呀,见你俩倒在路边,就求邻家小伙子把你们抬来了。"

"给您添麻烦了。"矢七不假思索地说道。

"别再说些大人话啦。婆婆自己住这里,你们一点也不用拘束。身子养好前,住到什么时候都成。可就是没吃的,饿得要命吧?真对不住你们啊!"

"不饿,不饿,习惯挨饿了。"

他嘴上还在逞强,可这次真饿得不同寻常。身上没有一丝力气,头晕目眩,全身颤抖不止。

"出声都难了,说话也呼呼地喘,你别再多说啦。这个村子啊,只有一样东西能吃。前面的地里,满满的全是岛大根。"

"岛大根?"

"就是萝卜啊。今年啊,萝卜都长得老大老大。大得像婆婆这样的一个人都抱不动。连村里的小伙子们没两人都搬不起一个,今年全是大大号的萝卜呢。"

"哦。"

"今年村里的收成,只有那萝卜。要是能吃上萝卜,村里人就都有救了。可藩主老爷、代官大人下命令了,说不准偷走,偷走就砍头。"

"唔——"

"不过最后也就是给藩主老爷跟城里的武士大人们吃了了事,收的萝卜再多,也进不了村里人的嘴。"

"嗯。"

"吃了砍头死,不吃饿死。"阿嘉婆唱戏似的说。

"真黑啊,已经是晚上了?"矢七问。

"不是,灰都堆到檐前了,光照不进来才黑,其实日头还老高呢。"

"啊,这样啊。"

不过,不久太阳就落下了,这时,和尚也终于苏醒过来。得知事情原委后,向阿嘉道了谢。可他马上又意识模糊了,都是高烧在作怪。

和尚的病情似乎很严重。呼哧呼哧喘个不停,时不时咳嗽不止,还不断说着胡话。高烧不退,恶寒使身体瑟瑟发抖呻吟连连,似乎已到了非常危急的时刻。阿嘉婆取下坐在地炉上的铁壶,喂和尚喝了白开水,接着又给矢七喝了些。

太阳落山后,矢七也发起烧来。一直被恶寒侵扰着,矢七的身子不住地颤抖。阿嘉婆见状将地炉里的火势加大。远处,地鸣般的喷火声持续不断,地面的摇晃也不曾停歇。一躺下,更能清晰地感受到这地动山摇。高烧状态下听到这地鸣声,一如被地狱召唤般恐怖。令人毛骨悚然的声音,更引发了各种各样的幻觉。矢七惊恐地听着这些混响,心里胡思乱想起来,自己是不是就要这样死去了?

阿嘉婆用桶打了水来沾湿手巾,热心地为矢七与和尚冷敷额头。

"你们可不能死啊！"阿嘉语气坚决地对矢七说，"明白婆婆的话？能听见？"阿嘉不断这样追问着矢七。

"能，能听见。"矢七勉强应声道。

不过，这是为了不让她担心而强打精神说出的。其实，有时已听不到阿嘉婆的声音了。远方的地鸣声、阿嘉婆的说话声都时大时小。顶棚更是天旋地转，身体的颤抖始终没有平息。意识不断远去，这与睡眠不同，一旦睡去，就再也醒不过来了。

连矢七一个孩子也能理解自己命不久矣。四天没吃东西，说是这么说，那四天之前，每天都有东西吃？当然不是。四天前只分得了半个饭团，在那之前也连续四天以上没吃东西了。

"小矢，小矢，听得见？婆婆说话，听得见？"

这一声紧似一声的呼唤，多少传进了矢七耳中一点，可他已没气力应答了。他心里着急，身体却不听使唤，发不出声了。

"唉——身子打战呼吸困难，平太死时也是这样。你呀，这是营养没跟上啊！不吃点什么，你这小命可就丢了啊！"阿嘉婆拼命叫道。

接着阿嘉婆又转向寂光和尚那边，似乎也在审视和尚的状况。那边的情况显然更不容乐观。阿嘉婆身子转回矢七，长长地叹了口气。

"这算是哪门子报应啊？婆婆没留住平太，整天整天地哭啊，难受得不得了。接着你又从天而降，婆婆老眼昏花看不清楚啦，摸黑这么看你啊，总琢磨像是平太起死回生了。婆婆这条老命去见阎王前,绝不能眼睁睁看着孙儿连死两回,真是愁煞人啊……"

这样喃喃自语着,阿嘉婆又面向寂光法师,双手合十片刻后这样说道:

"和尚师父啊,贤德的和尚师父,我该如何是好啊,请您指点迷津。老太婆我想保住这娃儿的小命呀!阿爷已经过世两年,去得太早太早。孙儿平太没了,街坊邻居死了,现在游方的和尚师父也要死在我家吗?莫不是矢七这娃儿也要跟着一起死?佛爷啊,还讲天理吗?这等事情,您容许吗?什么也不许我做吗?"

寂光法师没有应答之声。阿嘉婆不住嘴地祈祷着。矢七迷迷糊糊地看着她双掌合十放在胸前,瘦小的身影不停地前后摇晃,随后他昏迷了过去。

忽地,天国般的扑鼻馨香让矢七睁开双眼。地炉上放着一只黑色铁锅,锅上盖着木盖,伴随着咕嘟咕嘟的汤水烧开的声音,香气怡人的热气袅袅地向昏黑的顶棚升腾上去。

被这香味刺激,矢七竟情不自禁地支起了上身。

"呀,小矢醒啦?在炖萝卜呢,蘸酱吃最香。"

听到阿嘉婆说话。矢七心想:自己在做梦?这是个梦,自己强烈的愿望实现了。证据就是周遭一切都带上了梦境中特有的那朦朦胧胧的感觉,自己的手本该能触摸到的被褥、枕头等等都轻飘飘地失去了真实感。而且,最明显的就是坐在地炉前的阿阿嘉婆的打扮跟刚才不一样了。她分明披着一件非常漂亮的衣服，看着年轻了一些。这就是个梦。

"好啦！炖好啦小矢，快来吃！"

饭碗被端到矢七跟前，里面盛满冒着白色热气的萝卜块儿。嫩白的萝卜上面，稍稍加了点味噌。

"啊——好吃的……"矢七不禁叫出声来。

阿嘉婆的眼睛眯成了一道缝，正目不转睛地望着矢七。筷子都递过来了，却仍浑然不觉。矢七接过筷子。

"快吃吧，还热呢，噢，吹吹。"

阿嘉婆做出噗噗地用嘴吹萝卜的样子。

插进筷子，炖得透透的萝卜软软的，慢慢变了形。使劲儿吹吹，蘸点味噌夹进嘴里，天堂般的甜甜的滋味布满舌尖。啊，虽在梦中却有如此美味，多么不可思议啊！矢七一边感慨着，一边津津有味地大吃起来。

"还有呢，多吃些吧。猛一下子吃得太饱会闹肚子哟，慢慢吃，慢慢吃。"

接着，阿嘉婆蹲坐下来，像是给寂光法师也盛了一碗炖萝卜。和尚似乎都没了自己嚼萝卜的力气，不过他还是一点点地吃着。

吃下一块萝卜块儿，眼看着生出了一股精神头儿。将空了的饭碗往草席上一放，阿嘉婆又从锅里盛出一些萝卜片儿放进碗里。从盖着盖子的陶瓷壶里取出一点味噌，蘸到萝卜上。

"婆婆吃了?"矢七问。

"婆婆刚才吃啦,吃得饱饱的。小矢快吃,甭管别人啦。"

矢七又有滋有味地吃起来。感觉太幸福,吃着吃着不禁热泪盈眶。他惊异于世间竟有如此好吃的东西,也为自己大难不死深表感激。

"婆婆,谢谢您的救命之恩!"矢七将饭碗搁在身旁,又将筷子置于其上,然后以手扶地向阿嘉道谢。

"说什么呀。"阿嘉说,"小孩子家用不着这么面面俱到啦。"

"啊——捡回一条命!"一个沧桑的声音说道,是寂光法师。他也缓缓地在被褥上坐起来,双手触地,向阿嘉婆深深地垂首叩谢。"承蒙相救,不胜感激!"

"快别说啦,和尚师父!"阿嘉婆说,"还不行呢,和尚!身子还虚得很,要一直躺着别动!快,躺下。快快,快躺下!"

阿嘉婆扶寂光在褥子上侧身而卧,矢七则慢慢踮起脚尖。看到土间①里有样奇怪的东西,那是什么呀?

那是个巨大的圆萝卜,两个成年人张开双臂也抱不拢,它已经被人从纵向给一分为二了。

"婆婆,那个……"矢七说,"下了禁令的萝卜,是从地里偷出来的?"

"什么?!"寂光法师也吃惊道。这一刹那,犹如梦中一般的

---

① 土间:家里没有铺设地板的泥土地房间。

朦朦胧胧的心境猛地被一扫而光,他一下子惊醒过来。

"婆婆,这是要被砍头的呀!"矢七极度恐惧地说。

为救自己,婆婆竟然违抗禁令!阿嘉却面不改色,平静地笑了。

体力还没恢复的矢七爬下褥子趴在草席上向门口爬去,好歹攀着柱子站起身拉开拉门。

堆积起的灰尘中央,出现了一条人刚好能通过的通路,矢七倚门而立,放眼望向那条路,不由得"啊"的发出一声绝望的惊叫。

火山灰停止降落,空气澄清起来。阿嘉的家建在一个坡上。屋前的路顺坡道向下,极目远望,前面就是广阔的田地。以那块地为起点,登坡而上直到阿嘉家门前,有一道宽宽的黑杠自白色的通路中央延伸过来。因为路上覆盖着白白的火山灰,黑杠印迹清晰,夜里也能清楚地看出田地与阿嘉家的连线。

这是阿嘉婆从地里偷出萝卜,一路拖回家留下的痕迹。据此,谁偷了萝卜,任何人都会一目了然。

"婆婆,黑杠子……"

"小矢,你不用担心。"阿嘉在屋子那头静静地说,"婆婆活得够长啦,知足啦。前年阿爷死掉,那时我就跟死人一样了。眼下活的这些年,都算是赚啦。死时能请和尚师父超度,婆婆也就心满意足啦。"

"可那脚印,那黑杠子……"

"婆婆一个人偷了那大萝卜怎么也抱不动,就一直拖了回来。求邻居帮忙,邻居也会被逮去,逮婆婆一个人就好啦。"

"把那黑杠子抹去怎样?现在天上不下灰了,不抹去,不会自己没了的。"

矢七当即就想动身出门,可身子太虚根本动弹不得。眩晕仍在继续。

"抹去可不成!弄不清谁偷的,村里人都会遭怀疑。明明白白地知道是谁偷的最好。"

"可是……"

"地里的土被翻开已经清清楚楚了,就算抹去黑杠,明天早晨也会发现少了一个。你们别担心,要逮的只是偷萝卜的,吃萝卜的不会被责罚。所以给近邻的每家每户都扔进去了萝卜块儿,这样乡亲们都能再活一阵子啦。"

"阿嘉婆婆,你这是……"和尚的声音里充满苦涩。

"和尚师父,老太婆我在现世还没积满足够的功德。噢噢,快点诵经吧,要超度我去极乐世界成佛啊。十来天前,老太婆我死了孙儿。平太受苦啦,快咽气的时候,那时候也这么做该多好!本就不该犹豫!

"可老太婆我太没胆气,救不活孙儿。那以后只好天天抹泪了。真后悔啊,真不甘心啊!所以你们一来我家,老太婆我就明白了这是佛爷要再试探一次,要看看老太婆我是不是也要杀了这个娃儿。这次要救活,一定要救活,老太婆我已经活得够长啦!"阿嘉淡淡地解释道。

原来是这样啊,因此婆婆才穿上了最漂亮的衣服。矢七知道,决心赴死的人都会挑最好的衣服穿上。

寂光法师霍地坐起身来,拿起身旁的念珠缠在手腕上,坐在褥子上开始念佛。过了一会儿,他停下来,用嘶哑的声音说:

"阿嘉婆婆,我不能动了,可我这就让你看看佛祖的神力!"

说完,寂光又开始一心一意地念佛了。

5

"经过就是这样。"御名木讲完故事对我说道。

"是这样写的?"我问。

"对。家父传给我的《大根奇闻》里,就是这样写的。"

"后来怎样了?"

"没有后来。"

"没有?"

"是啊,没有。"

"没写下来?"

"可能是。也可能写了却遗失了。"

"嗯……这《大根奇闻》是酒匈带刀写的吧?"

"是的。打这事件起,时代迁移,到明治年间才写成。他在明治政府中担任过重要职务,后回归鹿儿岛,在谷山①度过余生,晚年时写的。日期是明治三十一年(1898年),距饥荒整整过了六十年。感觉酒匂写的像是封建时代的陈年旧事。"

"听刚才您讲的,酒匂矢七和寂光法师就是都给砍了脑袋也不足为奇……"我说。

"非也,不是那么简单。当然倒是也有那种可能性,不过斩首的对象怎么说都该是阿嘉婆吧!从地里偷走下了禁令的萝卜的毕竟是阿嘉婆嘛。"

"也是。"

"奇怪的是,这位阿嘉婆后来在寂光法师写的《起草缀》一书里有过短暂登场。此书是事情发生六年后的弘化元年(1844年),寂光法师为记录在萨摩的新庄川上架桥而编纂的随笔合订本。"

"咦?她没死?"

"没死。"

"就是说阿嘉婆活下来了?"

"说的是啊。新庄川寂光架桥,是天保十三年(1842年)的事情,这在藩正式记录文书里也有留存,因此可信度有保证,这一年算来是萨摩藩天保大饥荒的四年后,至少弄明白了阿嘉婆此前一直活着。也就是说,天保九年她并没被砍头。就这点搞不懂,彻头彻尾的不解之谜。为什么她做出了那种事却没被当

---

① 谷山:1889年成立的谷山村,1967年并入鹿儿岛市。

时的官府杀掉呢？"

"那个名叫阿嘉的会不会是同名同姓的另一个人？"我问。

"不是，绝对不是。因为寂光法师在《起草缀》里清清楚楚地写明，她是自己六年前倒在路上奄奄一息时的救命恩人，所以不可能是别人。"

"哦，是吗……"我陷入沉思。

"另外，矢七的姓氏在饥荒那年还是清水，清水矢七。"

"啊，是这样啊。"

"在那之后的第二年或第三年，矢七给鹿儿岛的酒匄家领去，收为养子。是和寂光有因缘的寺院的缘分。由此得知，寂光法师在新庄川施工架桥时，矢七已经不在他身边了。"

"原来如此。那寂光和尚会很孤单吧。"

"那也有可能。不过，寂光理应有为矢七的幸福着想的考量。跟着自己险些饿死，而且矢七又是个聪明孩子。"

"是呀。"

"还有，他大概也预想到自己时日不多了吧。寂光法师在圆寂前的两年里，把最后的热情都倾注到了新庄川架桥工程上。因为这新庄川附近有座禅宗寺，寂光就是禅宗的和尚嘛。寂光遣使这些施主们施工的时候，阿嘉婆恰巧路过，此情此景在《起草缀》里都有描述。后来桥梁完工，到了命名阶段，寂光自己否决了'寂光桥'的提案，取名为'嘉之桥'。此桥至今保存完好。"

"原来如此。那没错啊。"

"没错。"

"说到饥荒,事态归事态,官府方面会不会也体察民情网开一面呢?虽然发现了阿嘉婆的偷盗行为,但因其救了街坊邻里的性命便赦免了其斩首之罪……"

"不能,这绝对不敢设想。首先,天保九年这一年,也给六个偷鱼贼定过死罪。因为是非常时期,如果轻描淡写网开一面,那所有人都竞相效仿,势必也会造成大乱。大家都命悬一线,无法想象这群地狱饿鬼会搞出什么名堂。弄不好就会有人起来造反,藩里局面一发不可收拾的风险都有,行政方面必定下了死命令。"

"唔——"

"据记载,天保饥荒期间萨摩饿死了八千人。听之任之的话,民众很可能大半死于自相残杀。那样一来,萨摩藩必将被没收领地自取灭亡。因此官府肯定不会放过偷取这一年里唯一的食物——萝卜的盗贼。"

"言之有理。"

"其次,就算网开一面不予追究,在那之前也会押送官府。当时村里似乎有自身番①和老年人组织等自治制度,阿嘉婆一案,应该交由奉行所出面审理。那么一来,寂光法师多半会在《起草缀》里有这方面的记载,记叙事件的来龙去脉。"

---

① 自身番:江户时代在各町内设置的岗哨,起初由房主等町民轮流值勤,故得名。

"没写？"

"什么也没写。"

"不会因为写出来不妥而有意不公开？"

"不会，因为这是寂光的私人备忘录，不是那种有意要面向大众发表的东西。事实上，《起草缀》被发现是在他死后，并且已到了明治时代，不过就算寂光考虑到了有被别人看到的可能性，写上句'阿嘉婆婆被押去了奉行所'，也不会有什么特别问题吧。"

"是啊，说的也是。要是官府真的高抬贵手法外开恩的话……"我斟酌着词句说。

"就是嘛。法外开恩的话，倒该光明正大地大写特写了。这当然应该流芳后世，当然应该当作一个催人泪下令人感动的故事流传。这样一来，寂光自然就会详细记叙天保九年饥荒之时官府的温情裁决。没写则说明没那回事。"

"嗯，的确。如此说来，这里面还是有必须要隐瞒的什么……"

"所见略同。"

"但绝对不是什么法外开恩。"

"所见略同。"

"不论从哪方面假设，就当时的封建体制来讲，阿嘉婆都难逃斩首之罪啊。"

"不错。或者被捕入狱，结果却什么都没发生，所以才是不解之谜。因何如此？为什么会出现这个结局？假设寂光和矢七介图隐瞒盗窃行为，那他们究竟是如何隐瞒的呢？那种智慧和方法在当时行得通吗？可行的话，又是什么呢？不过，饥荒之年，大家都没东西吃，体力应当低到了极点。力气活儿大概无论如何都做不成了。

"家父似乎一直在思考乡土史研究中遇到的这一谜题。谜题大概有好几个，最微不足道的这个，反倒成了最棘手的，唯独这个最终未得破解。"

"嗯，这谜题确实有意思。"

"所以，家父把这谜题托付给我才撒手而去。于是，我又开始研究，寻思着是不是酒匂带刀的《大根奇闻》的后文被人胡乱掖在了什么地方，是不是另外有人写下了阿嘉婆事件背后的真相？这样的话，在全国范围的图书馆内，只要保管有幕末的和本类资料，就尽可能探查探查。"

"原来如此啊！"我钦佩不已。

"我其实一直在想，要是有机会能与石冈先生或御手洗先生见见的话，一定要聊聊这个谜题。"御名木说。

"哦——"

我应了一声，然后凝神思索片刻，很早就想讨论讨论这类问题了。因为并不是艰涩难解的刑事案件，这种谜题由我这样的来对付或许正合适。

"《大根奇闻》的后半篇有没有可能并非遗失，而是根本就没写？毕竟这是件想要隐瞒的事情嘛。"我问。

"想要隐瞒是指……"

"《起草缀》里不也没写吗？"

"不对,那说的是寂光法师。"

"寂光法师想要隐瞒,酒匈就不想吗？"

"寂光写《起草缀》是在弘化元年,酒匈写《大根奇闻》已到了明治,形势大不相同。"

"啊,是啊,寂光法师那会儿,还是幕府时代啊。"

"对呀对呀,一旦记叙不当事实败露,阿嘉婆要掉脑袋的。饥荒之后才过了六年嘛。但酒匈写《大根奇闻》时,已经是明治天皇在位,体制完全变了,而且阿嘉婆也已不在人世。加之酒匈在当时的政府中枢里是个有头有脸的大人物,所以不管从哪个角度看,酒匈都没有隐瞒事实的理由。已经是过了时效期限的旧事了。"

"嗯,也是。"

"因此我判断他肯定写了,遗失后现在必定保存在什么地方。因为家父所持《大根奇闻》是份笔耕。"

"笔耕？什么笔耕？"

"就是抄本,什么人复制抄写的副本,这副本到了家父手里。因此这位笔耕者可能半途而废了,而正本一定留存在什么地方。"

"至于这个人半途而废的理由,也不得而知了。"

"是啊,不知因为什么,但这已无解。好在有石冈先生您这样的策略专家。"

"我?我根本不是那样的人。"我吓了一跳,连忙说道。事情转向了我预想之外的方向。

"这种情况下,阿嘉为不暴露自己的罪行,一定会使出什么策略吧?"

"唔——"我沉吟着抱起双臂思索起来,"总之,要掩盖真相,就一定得抹去留在火山灰通路上的黑杠,也就是拖拉萝卜的痕迹,一定。"我说。

"对。"

"可是……"

"地里凭空不见了一个萝卜,到了第二天早晨肯定会暴露吧?代官营地里的巡查好像每天早晨都会来。"御名木说。

"是吗?"

"以前可能有人整夜监视看守,地面上落下一层灰后,偷走萝卜会留下拖拽的痕迹,所以不用安排看守站岗似乎也没问题了。"

"萝卜太大,不拖不拽就搬运不了,是吗?"我问。

"没错。"

"一拖一拽就留下了拖拽到家的痕迹,谁偷的萝卜自然一清二楚,故此没人敢偷。但不拖不拽就偷不走了吗?比如来两条壮汉……"

"不成,就算两人也很吃力,这萝卜的模样像极了芜菁,又是球形不好搬不好抬,重量差不多抵得上一个大块头汉子的体重。所以,即便从饿得半死的村民里挑出两人也未必搬得动。三人的话说不定还行,不过三人在一起,可就不是能轻易行动起来的了。村里有自治组织,能够相互干涉的那种,还必须得到老年人组织的许可。"

"嗨——"

"似乎因此才得出了不必在地里安设看守的结论,而且夜里也无人值守。所以阿嘉婆才能不费事地偷出萝卜,可因为只能拖回家,地上便留下了一目了然的拖拽痕迹。"

"合情合理。姑且要假设抹去了拖拽痕迹,而且还要假设做得天衣无缝。这样的话,接下来就需糊弄过第二天早晨的巡查了。"

"唔——对。"御名木思索着什么答道。

"把萝卜的叶片部分遮到土上如何?"

"不妥,不是说阿嘉婆将萝卜纵向一分为二了吗?叶子的一半已经没了嘛,还说扔进了四邻的家中。"

"是吗?"

"我是这样理解的,所以阿嘉婆家里偷来的萝卜的上半截只剩下了一半叶子。而且就算将叶片部分遮盖到土上做伪装,那叶子充其量也就能撑一两天吧,不是马上就会枯干吗?那样一来就暴露给代官了吧。"

"是啊，一两天不行。"

"对。比如也有这种可能。半夜偷偷去地里挖出萝卜，用菜刀只切下萝卜的一部分，余下部分再埋回地里，即使这样，遮在地上的叶子仍会枯萎，还是会被看出来。"

"几天到一周时间就会枯死？"

"会的。"

"那撑多久才行？如果想隐瞒几天的话。"

"一个月吧。"

"要一个月？！到12月吗？为什么？为什么要一个月？"

"12月10日，筑前①的救济米到了，接着琉球方面来了海产品，萨摩好歹得以喘口气。"

"唔——这期间，萝卜呢？"

"代官派马车来，好像每天挖出一到两个，运进城里了。"

"哦，这时候会败露啊，哪怕只少了一个。"

"是这样。因为代官拉走萝卜时像是检查了萝卜地。"

"唔——那么这时，都过去一个月了，也没被发现，是这个意思吗？"

"是这个意思。"

我前前后后仔仔细细思索一番，但最终只能这样说："没有这样的办法吧？"

---

① 筑前：日本旧国名之一，现福冈县西部。

做到这一点，只能靠魔法了。

"应该没有吧。"御名木也说。

6

道别后，我独自一人仍不断琢磨《大根奇闻》。这件事使得我坐卧不安。我一旦记挂上某件事，就无论如何都没心思再着手办另一件。可能是被御手洗的性格传染了，自己这么说太那个，不过这里面的确包含了相当微妙的东西。

天保九年相当于公历哪年？我查了查日本史年表，公历是1838年。寂光法师写《起草缀》的弘化元年是1844年，酒匈写《大根奇闻》的明治三十一年是1898年。

以御名木所言为前提的话，如其所述，阿嘉婆应该难逃斩首噩运。就算三人即刻逃亡，以他们年老体衰的脚力，早晚会被追上。逃亡也排除了。至于理由，矢七不久后应该被当地的萨摩武士收为养子，寂光也留在萨摩为架桥工程尽心尽力。成了罪人或逃亡者这种情况可以不予考虑。

这样一来，能够想象的可能性只剩一个。那就是寂光法师与矢七合谋扯下弥天大谎。这一假设虽没对御名木讲，但随着时间推移，它渐渐占据了我的头脑。没讲是因为与教授告别后才浮上心头，不过，即使跟御名木在一起时想到，我大概也不会讲出口。

在这个平凡的世界里,我结识了许多弱势的平庸大众——当然我自己也是。随着与他们交往的加深,我对他们的自爱性,特别是有关如何对待这种自爱性思考了很多很多。任何人都不希望他人因为救助自己而死。就像柔弱的幼儿被偶遇的陌生人搭救,再加上救人者是高龄女性,谁都不愿看到这位女性因为救自己而被杀害。这种情形于男人而言,不啻为不堪忍受的屈辱。自己处境太凄惨,就算不是武士也宁可切腹自尽。连我都会这样。

因此,寂光、矢七两人,难道不会想方设法不让阿嘉送命吗?现实情况是天保九年11月11日早晨,地里一个萝卜不翼而飞一事被町奉行或是代官营地的官差发现。于是代官顺藤摸瓜,沿着通路上清晰的印痕追查到了阿嘉家。当然,阿嘉遭逮捕并被押送至奉行所受审,而且当即被判斩首。这是为维持秩序所做的以儆效尤,死刑立即执行。刑场上,混迹人群中的寂光看着这一幕只能拼命地念佛诵经——难道现实不是这样吗?除此之外,无能为力的两人到底还能做些什么呢?

但这样未免太伤自尊,于是六年后,寂光法师在《起草缀》里朴撰了与活着的阿嘉的一次重逢。在新庄川架桥工程中,阿嘉的亡灵不期而至——对,那岂不就是唯独寂光才能看得见的亡灵?寂光难道不是通过记叙得以保全性命的阿嘉的幻象,来治愈自己的卑劣感,哪怕治愈一点点,以期获取活下去的勇气？

按这思路推理下来,感觉寂光法师晚年的行为就很好解释了。如果寂光不是过度丧失自信,他又怎会离开矢七？难道不是为了向阿嘉、矢七赎罪才搞了个新庄川架桥工程？命名就是其证据。一个将在两年后死去的人,面对眼前自己姓名永留新桥的荣誉,会断然拒绝吗？难道不是因为对阿嘉抱有赎罪心态,寂光才会弃用自己的名字而让阿嘉之名留存桥上？难道不是想起舍身为矢七与自己辟出一条活路的阿嘉,寂光才舍弃自己而让阿嘉永世留名？

再说矢七。做了酒匈家养子的矢七,当然应该读过寂光所作的这篇随笔喽。难道他不会由此决心要与寂光统一口风？这位矢七,不单纯因为阿嘉之死,也因寂光之死使自己的决心愈发坚定。因此,在事件过去六十年后的著作里,酒匈仍对阿嘉被斩一事闭口不谈。

没错。这样推论,酒匈的《大根奇闻》的莫名中断也就解释得通了。结尾部分并非遗失,而是作者到此为止了。他不想再写下去了,不想写出真相。写出来对有恩于己的寂光的威名与伟业是一种伤害。可又不愿编造谎言。写了会要命的法理上的限制已全然不复存在,而且自己已步入晚年,就算在遗笔意味极浓的这篇随笔里,他也不敢妄加虚言吧。经过这样一番思想斗争与踌躇逡巡,酒匈的故事集不是才最终中断在了11月10日的黄昏？那之后的事实经过,便如我前文所述。

想到此时，我确信自己的推断完全正确。遗憾的是，现实没那么罗曼蒂克。除此之外，究竟还有什么是被容许展开的呢？所有人物都孱弱无力。或许寂光虔诚有加的誓死祈祷灵验显现，佛祖现身阿嘉身畔，将跑来捉拿阿嘉的町奉行手下轻松击退？不可能。

我对此事的思考到此为止，这个问题该做个了结了。事实如此。每个人都尽心尽力了。罪人在何处？徒劳地追究现实无异于自寻失望，还是免了吧。这不过是个奇谈，是个恐怖故事，这结局已经不错了。

平成八年五月，那会儿仍在瑞典的御手洗还不时给住在马车道的我打来电话。不错，想来那是最后一通电话了。到一年后我发传真前，那通电话之后我和御手洗之间就断了联系。

虽说如此，他打来的这通最后的电话也并没什么特别的戏剧色彩。不对不对，应该说是迄今为止最平淡无味的一次。听到铃声拎起听筒，一个刺耳的声音猛地这样嚷道：

"石冈君，我房间书架最上层左边有本书叫《The Bell Curve[①]》，理查德·海伦斯塔因与查尔斯·马莱合著。你把这本书279页的图纸复印一下发到我下面说的传真号上。应该写着'the black and white IQ distribution in the NLSY'。"

---

① Bell Curve：钟形曲线，正态分布（normal distribution）。

"什、什……什么?"完全摸不清出了什么状况,我惊慌失措地问。

"图纸,石冈君图纸,很重要啊!"

"哪,哪位?御手洗?"我总算想起来了。

"喂,对啊,你忘啦?"御手洗匆匆忙忙地说。

他似乎是在说着外语的中途打来的电话,或是刚说完外语打的,声音里夹杂着奇怪的腔调,极难听懂。

"现在,你,什么,工作中,所以……"

"OK, See you, bye!"

御手洗说了几个英语单词,然后十分专注地说起了某种别的语言。说完又哗啦哗啦地发出弄翻了什么的声音,紧接着是咂嘴声和像是对什么骂骂咧咧的听不出哪种语言的语言。

"喂?御手洗?御手洗!"我说。

"听不清吗?"御手洗令人吃惊地用日语说了一些像是传真号的数字。好长的一串数字,我记了下来。

"御手洗?喂,御手洗?"

"喂?怎么啦?听清啦?记下来啦?"

"喂?嗯,记下了。到底怎么了?你在哪儿?"

"大学呀!啊,回去啦。OK,好啦好啦,已经不着急了,过后发过来就行。偶尔不是也该慢慢聊聊嘛!怎样?好吗?对了,聊聊你的近况?"明明是他自己说得火急火燎。

"什么?这话真难得。还记着我?"

"当然！迈奥拉诺斯①君,无时无刻不在想你。那之后你的杂交成型进展顺利？"

"什么?！喂喂？御手洗,你搞混了,是不是把我当作别人了？"我急得要死,惶惑不安地从椅子上站了起来。

"哈哈,开个玩笑嘛石冈君,知道是你！"御手洗赶紧说道。

"什、什么呀！简直让你吓死了！"我出了一身冷汗。

"你那边没什么新鲜事？"

"没特别的。说起来,最近也就认识了一位御名木先生,大学教授,法学系教授。"我说。

"嘀,法学系？然后呢？"

我大致讲了讲跟他偶遇的经过。

"对了对了,想起来了。后来他说,要是能见面,有个谜题想跟你研究。"

"谜题？什么样的谜题？"御手洗也渐渐来了兴致。

"现在说方便？"

"方便。"他说。

"他父亲的遗言,日本史之谜。天保九年发生在萨摩大饥荒那会儿的事件。"

我开始复述。因为我独自一人时也一直在思考,甚至还做

---

① 迈奥拉诺斯：西斯科·迈奥拉诺斯,美国推理小说作家雷蒙德·钱德勒（1888-1959）的侦探小说《漫长的告别》中的人物。本文此处御手洗有借用此名调侃石冈君的意思。

83

了笔记,所以用自己的话也能要点明晰地讲清楚。御手洗也没对我的说明有什么特别的不满。毕竟是江户时代的故事,也没什么要转告的牵涉细节的内容。

"就这么回事。"我说。

"原来如此。这个叫阿嘉的人为什么没被砍头就是谜题喽?"御手洗问。

"正是。"

"你认为阿嘉没被砍头,是因为寂光法师和酒匈带刀在他们各自的随笔里扯了谎,是吗?"

"对!除此之外也想不出别的了吧?"我说道。

御手洗没应声,稍稍沉默了一会儿。

"不对吗?"我又问了一遍。不对的话,可真让人惊掉下巴了。

"那么'奇闻'在哪儿?哪儿也没有。"御手洗说。

"'奇闻'怎么了?"

"萝卜长得大算是'奇闻'?鹿儿岛人也不觉稀奇吧?饥荒是'奇闻'?那个年代的日本到处都有。为什么要以《大根奇闻》为名,而且到了明治三十一年才扯这么个谎?"御手洗说。

"可这个随笔后半部分没写呢。"

"不会,肯定写了,早晚会出来。"御手洗自信满满地断言。

"哎?!为什么这么想?"我吃惊非小。

"因为作者想写下第二天发生了什么,我敢打赌。"

我不禁陷入沉默。他这么一说,我感觉瞬间窥见了类似时空裂缝的东西。

"为什么这样想？"

"要扯谎的话，什么都不写不就得了？"

"什么都不写？什么意思？"

"你想，酒匂这人并不是因为被什么人强迫才写《大根奇闻》的吧？"

"嗯……这当然不会。"

"是他自己要写的。置之不理的话，无疑会被湮没进历史，他可是特意要写的啊！六十年后特意提笔，有扯谎的理由吗？他一定有什么东西想写下来。说不定那也是寂光法师想要写的。"御手洗说。

"寂光法师也……"

"不错，有什么深深震撼了他们两人的心。但寂光法师不能写，当时的形势无论如何都不允许。因此到了可以写出来的时候，酒匂带刀先生就写了下来，在临死之前，代替和尚师父写下来。可能这是他一直以来的心愿。"略微沉思了一会儿，御手洗又说出了这么一句话："两人都抖得很厉害，是不是？"

"嗯？那是因为快饿死了嘛。"我说，"话说回来，你不会真以为当时存在阿嘉婆大难不死、没遭斩首的可能吧？"听我这么说，御手洗一时间也沉吟起来。"绝不可能有那样的事。怎么想都不可能！那种时候，那种状况，已经走投无路了！"

"未必，倒有一种可能。"御手洗说道。

我大惊失色。

"什么？怎样？什么样的可能?!"我不禁大叫起来。

"天保九年是公历哪年？"

"1838年。"我当即应道,刚查过。

"是1838年的11月10日？"御手洗确认了一遍。

"对,没错……"

"这是阳历？"

"阳历？"

"按格里高利历①是11月10日？"

"嗯？什么意思？格里高利历……那种算法……"

"也就是说,那篇古文上写的是11月10日？"

"嗯,对。"

"那就是旧历,好,明白了。"

"御手洗,你不是要……"

"查查看,给我些时间。现在稍有点忙,不过一周之内就能给你电话。"御手洗说。

"查查看？查什么？那可是天保九年的萨摩啊！江户时代！你弄清楚了？"

"坐时光机器查！不说这个了,《The Bell Curve》的图纸拜

---

① 格里高利历：公历的标准名称,一种源自西方的历法,1582年由教皇格里高利十三世颁布。

托你啦石冈君,再见!"

电话挂断了。我紧握听筒,脸茫然。有可能大难不死?

7

起居室桌子上的传真机突然吐出一张奇怪的图纸。类似等高线的曲线布满了整个画面,一见之下,很像是山区地图,但似乎又不是。纸面上到处标注着"H""L"等文字和数字。

我拿在手里,竖着看、横着看、倒过来看,再返回原来的角度反反复复看了几遍。看不懂这是什么的图纸,连从哪里发来的也没弄明白。画面上端排列着意义不明的拉丁字母,并非传真号码,倒像因特网的网址。我正在大费脑筋地琢磨到底是谁、从哪里发来这么个玩意儿的时候,电话铃声大作。

"石冈君,图纸收到了?"冷不丁传来一句。

"喂?哪位?御手洗?"是御手洗。

"现在拿到手里了?"

"嗯。"

"Good!时间不多,看仔细!左侧有个数字 1040,看到了?还有 H。右边是 1000,还有个 L 记号。"

"啊——有!有是有……"

我慌忙将视线移上图纸。什么道理啊!每次跟御手洗说话,我肯定会像拉车的马似的被轰着赶着。

"这张图上显示出左侧是 1040 百帕的高气压,右侧是 1000 百帕的低气压。所谓 H 就是高气压,L 就是低气压,明白?"

"什么?噢,符号本身明白,不过……"

"这两者中间形成一个低压槽,这样那里气压下降的可能性增大。图上的实线是等压线;虚线,就是点线表示温度线。在 H 与 L 的中间位置,看到有个数字是负 38?"

"啊?啊……"

"这就是冷气团。冷气团外侧周边是负 15 摄氏度,再外侧是负 10 摄氏度,依次类推,越向外侧走气温越高。"

"嗯嗯,原来如此。这,这个明白啦……"

可这又怎样?突然间给我讲这些,实在让人丈二和尚摸不着头脑。

"这正所谓西高东低,典型的日本气压配置[①]。大陆上形成干燥的高气压,日本上空或太平洋一侧则是低气压。而且这之间的低压槽通常在日本海上空形成。日本海里暖流流动,是比较温暖的海域。季风以横穿这里的湿气的形态,从大陆吹向日本列岛。它又被日本列岛的山脊峰峦阻挡……"

"慢着,慢着御手洗,别自说自话了!一点弄不懂你说的。这是什么?日本海?"

---

① 气压配置:气压分布情况。

话音刚落,照例又听到了他心急火燎的咂嘴声。

"喊,你啊,这当然是九州啦!"

"九、九州?这是九州?"

"能看出下面的九州地图吧?不太清楚。"

我把眼睛瞪得有盘子那么大盯着图看,可什么也看不出来。绝不是因为老花眼,哪儿也看不出有地图。

"看不出,看不出来啊!"我说。

"是吗?看来地图线在感热纸上显示不出来啊。这是九州的上空。日本海上空的强冷气团慢慢上升,形成西北季风涌向日本海一侧,接着被山脊峰峦遮挡阻拦,这就形成了日本冬季通常的气压配置。"

"啊?"

怎么突然搞起天气预报讲座了?

"但这个冷气团那年盘踞在九州南部。"

"等等!这是什么?这张图哪儿来的……"

"托五角大楼气象模拟系统的朋友绘制的。"

"五角大楼?美国的那个?"

"是啊是啊,美国国防部嘛!"

"美国国防部也搞天气预报?"

"你不知道?天气预报跟战争息息相关,气候往往会决定战争的胜败呢!美国的军用天气预报世界一流,既能精确预测指定地点的天气,也可以模拟过去时间点的天气。何况才是十九世纪,就算远东地区也跟上个月的事一样。"

"噢? 就是说,这是十九世纪的九州?"感觉我的思路正向跑在前面的现实追赶过去。

"对呀! 1838年12月26日的天气图。"

"1838年? 什么意思?"

"你呀,你不是说1838年? 谜题的日子。"

"哎? 那这张气象图是天保九年11月10日的九州?"

"不,是12月26日。"

"12月? 怎么是12月? 11月嘛。"

"这是新历! 旧历的1838年11月10日,就是格里高利历1838年12月26日!"

"什么?!"我大吃一惊,"那这是天保九年,按新历说是12月26日的九州?"

"南九州。"

"11月10日就是12月26日?"

"不错,已经到年底了。"

"管他呢。原来是旧历……可、可是,能画出这图来?"

"这是在往年的气压配置模式上,加进从所有文献中收集到的气象信息、地面、海底火山、海流、气流、动植物及矿物的分布与移动、人口的分布与比例、热源分布等所有这些地球信息,还有太阳风、太阳黑子、月球位置、卫星照片的解析与详情等这些地球外信息,都输入计算机,修正、演算、模拟绘制出的图纸。"

听得我气都喘不上来了。

"1040百帕的高气压位于中国大陆上空,而1000百帕的低气压在小笠原群岛①上空,低压槽处于大隅群岛②稍稍偏西位置,也就是说,这一带存在着一个冷气团。作为12月的气压配置,这是史无前例的。"

"啊……"我说。我只有说"啊"的份儿了。

"石冈君,明白这意味着什么吗?"

"不明白。"

"雪。"

"雪……"

就在这一瞬间,我的思维冰冻住了。就在这一瞬间,我明白御手洗要说什么了,电流般的冲击贯穿了我的身体。

"下大雪啦石冈君!旧历11月10日,南国萨摩罕见地下了场大雪!"

"啊?!"

是啊!是这样啊!我的思路终于跟了上来并撞上了现实,我慌了神儿般地提高了嗓门儿。

"下雪了?第二天,不对,是那天半夜,下雪了啊!"我大叫着紧握听筒呆立不动。

---

① 小笠原群岛:日本在太平洋的一个群岛,位于东京以南1000余公里,行政区划属东京小笠原村管辖。
② 大隅群岛:琉球群岛北部的一个群岛,行政权属于日本鹿儿岛县。

"而且还是暴雪。这可是暴雪的气压配置。噢,二十四小时内五六十厘米?不止,可能积到了一米深。这确实是奇闻,前所未闻!"

"啊,这么一来……"

我激动得喘不上气,说不出话。思考停滞,心神不定,头脑混乱,惨状空前。但只有一点,只有一点弄明白了。完全没预料到的而且是绝对完美的答案就这么出现在眼前了。

"这么一来,路上拖拽大萝卜的痕迹被盖住了,被雪……"

"不光是路,萝卜地也完全被掩埋了吧。"

是啊,下了那么深的雪,确实……

"而且一米多的积雪,一个月都化不了。"御手洗愉快地说道。

说得对,这样偷萝卜的痕迹自然不会暴露了!

"啊,也是,所以两人身子抖得厉害啊!"

"对,萨摩当时一定很冷。"

因为是通过御名木之口听来的故事,"两人冻得瑟瑟发抖"这一信息没能充分传递到我脑中,我仅以为这是他们身体虚弱的缘故。其实并不这么简单。

"用旧历记述时间,也是个不大不小的陷阱,石冈君。"

我无言以对。11月10日,已是新历的12月末了?的的确确,光说南国的11月,联想不到下雪。

"因积雪掩盖,地里少了个萝卜这事,过了一个月也没败露,而且在积雪完全融化前,筑前送来了救济米,这样阿嘉婆的罪责不了了之,也就逃过了斩首……是啊,是这么回事……"我说着,叹了口气。

"似乎就是这样,石冈君,《大根奇闻》的后半部分以后一定能找到,请代问御名木先生好,再见。"

电话像是被挂断了,茫然若失还在发呆的我,连道谢的时间也没有。

电话挂断后我仍然久久动弹不得,甚至忘了将听筒放回去。我凝神抵挡着如海啸般涌将过来的思绪。

奇迹发生了,不可能发生的事情发生了。于是,一个放弃了自己生命的好心人得了救。难道这就是寂光法师宣称的佛祖的神力吗?我当即这样想。

随后,我猛然发觉还攥在自己手里的听筒,慌忙放回原处,坐到了距瑞典、距一百六十年前的萨摩遥不可及的横滨马车道的我那间狭窄的小屋里的椅子上,精神恍惚地抱紧了膝头。

一心一意片刻不停地祈祷的僧侣。他的身旁是将自己的性命置之度外淡然等待死亡登门的老妇。当天光大亮,令人绝望的清晨已然到来,矢七起身拉开拉门之时,厚厚的积雪刹那间映入他的眼帘。看到一望无垠的、为救赎而来的银色世界这一刹那,少年的心思究竟会是怎样的呢?

此时此刻,他一定悟出了舍身救助他人的价值与意义。不难想象,幼年时期这个早晨的光景,会在他的心底最深处构建并支撑起他成为酒匂带刀以后的人生观与信仰。他的这一心性,在三十年后救了德川庆喜,使江户免遭化为焦土之灾,他的温和政策最终将日本从殖民地化的危机中解救了出来。酒匂带刀恐怕也是想传达这样一层含义而写《大根奇闻》的吧。

了解了天保九年旧历11月11日出现的奇迹后,我也注意到了这一点。

最后的晚餐

1

自平成八年春天与犬坊里美重逢以来,我们保持着偶尔通通电话约见共餐的关系。不必多言,超出此限的交往一概没有。我从没去过里美的房间,连她住处的电话号码都没问过。打她手机,不通的时候一般转到可录音的语音留言上,联系吃顿饭什么的根本不成问题。留言后,通常不出三十分钟她就会给我打过来。

这期间,我患上了轻度抑郁症,对周围一切事物都提不起兴趣。不止如此,时常会非常痛苦。与里美有来有往当然开心,相应地也将我从抑郁中解救了出来,不过有时反而令我更难受。她曾经个带特别深意地问我有没有手机,还问了好几次。这个时期的我尤其反感被别人问到此类事情。我的手机号码,不单里美,编辑们也打听过。出版社联系我用传真就足够,传真好在还能留下文字,而且又不是多频繁。散步或购物途中口袋里铃声响起,感觉无论走到哪里都工作缠身实在不爽,于是便对其避之不及。

光手机这玩意儿还算不得什么,摧残折磨我脆弱怯懦的神经、步步紧逼过来的事物里,最近出了个叫因特网的劳什子。以前是文字处理机,这阵子好歹会用了,不承想传呼机跟因特网又接踵而来。有段时间,一家周刊杂志要求我针对国内突发事件将此前御手洗道出的警句加以整理,搞个不走寻常路的另类连载,破天荒地给我塞过来一个传呼机。我把这段经历对别人一说,结果被嘲笑得人仰马翻。我想,那么这次就别招惹电脑了,却又被他们笑话竟然还不会上网。

想起曾经的旧3C[①]时代,我对周围人情世故怀有种种不满。敌不过这一潮流,在经济高度成长期,人们都忙不迭地购置了彩电、空调和汽车。人们因此每天就快乐起来了?没这感觉。发了财的是生产厂家经销商,日复一日的苦闷并没多大改观。说不定推销员们自身也得面对同样状况吧。

本以为被物欲包围挤对的时代已近完结时,手机和因特网又粉墨登场了。由此又展开了新一轮的围追挤对。眼下就算咬牙悉数购置齐全,不知将来又会冒出多少可供现代商业强加到我身上的消费品。这个国家类似挤对他人的处世方式真成问题,

---

[①] 旧3C:二十世纪六十年代中期,对新兴的三种耐久消费品的称谓:color television(彩电)、cooler(空调)、car(汽车)。

这点倒是一成不变。

学生时代就有同学经常嘲笑不问政治的我,尽管如此,他们还是想生拉硬拽地把我拖进学生运动中。"连《资本论》都没读过?""连《共同幻想论》①都没读过?""问题意识还没觉醒?"每次见面都会被这样逼问。我支支吾吾语焉不详,最终也没能加入他们的行列,不过现在看来,未必算是个失败。

之后二十年,直到前些日子,我还不断遭到各种宗教教派劝诱入教的狂轰滥炸,边说边对我穷追不舍,净啰唆些让人不安的东西。"你还没意识到神的存在?""这样下去你的烦恼永远无法消解,这样下去你将难免大病缠身,"诸如此类的威胁言语。想来,我这类过单身生活的人可能是他们最合适的拉拢对象吧。想必大多数人都拗不过这些软磨硬泡式的攻击而加入了他们,而我仍然置身事外。后来,宗教问题社会化,到底还是我没站错队。这些人最近也终于我从身边消失了。

回想一下,其实从小时候起,我就一直处于这种态势之中。因为我小时候算是个行动派,常遭到小伙伴们没完没了的追问:"还不能跳过那条河?""还不敢在海边那段水泥坡路上骑自行车?""还不会骑摩托?""还不去补习班?"……

学校里,老师们也是如此。"还解不出这道题?""还没做作

---

①《共同幻想论》:河出书房新社1968年出版,作者吉本隆明(1924-2012),日本诗人、评论家。

业？""还不理解这个问题？""这样的话,可要被大伙甩在后头喽!"可规规矩矩地做给他们看时,他们却又提出了更多的要求。"干得漂亮!""这样就好"等话语几乎不可能出现。什么都能应对得完美无瑕的话,岂不成了机器人!

步入成年,以为自己总算到了可以从这种境况中解放出来的年龄。想得美!他们的花样反而更多了。我觉得自己快成了狂奔的赛马,每天都被皮鞭抽打着屁股,甭提多难熬了。当然,这是谁都能想象得到的事,我只是单纯觉得疲累,并使我似乎已然看不到活着的意义了。炎热的盛夏,懒得随大流去海边或泳池。到了冬天,也没心思迎合伙伴们去滑雪,而且也没那种伙伴。过年时形单影只地独自吃年夜饭也实属无奈。而周围的人自然又会问:"还没去海边?""还没去滑雪?""年夜饭已经吃了?"

何必一定要吃那么顿饭?随波逐流人云亦云到底能生出什么?不是每个人都厌恶被他人逼迫吗?然而为何每个人又都能理所当然地逼迫他人做自己厌恶的事呢?就算没有电脑和因特网,就算没有汽车和手机,只要不再无尽地苛责他人,只要不再有排斥异己的处世方式,日本同样可以变得相当富足。富足不单指物质,还应包含对他人的宽容。可这种逼迫挤对他人的处世方式根本不见收敛。

胡思乱想着这些事,我的抑郁症在那段日子里日渐恶化。写作也没进展,这样一来,存款自然就只减不增。虽说还不至于惨到要从公寓搬出去,可心里烦躁得实在连书都看不进去了。

为打消自杀的念头,我迫切希望结交抱有同样想法的朋友。跟这类人见见面,相互发发牢骚,找找共鸣。然而说起曾经跟我同住、已距我几千光年的那家伙,却是此前我人生中闻所未闻见所未见的自信家,没有牢骚不带抱怨,甚至连个伴儿都不要。这号人物为何会与我这样的人同住一个屋檐下?现在想来实在不可思议。

里美也是半斤八两,年轻气盛、不知挫折为何物。感觉两人都是世间少有的、与丧失自信终生无缘的类型。里美可能会反驳,但在我看来,至少和我相比,她明显属于那一类人。我在自己周围找不到自己想找的、跟我抱有同样烦恼与挫折的人。因此,这一年我的心情分外压抑。

不过当我像现在这样端坐文字处理机前,细细回味一年来的经历时,忽觉这些事可能就是我刻意不想与外部社会有所瓜葛的原因。如果加入那些社会团体积极寻找自己的同类,没准在横滨街头就能撞见许多。那位大田原智惠藏想来就是其中一分子。我与这位老基督徒在这一年有过一段极短暂的交往,而这个冬天于我而言,永生难忘。

2

故事从头说起,事件是从我丢人现眼开始的。平常的话,肯定不会有这种事,但因我心情压抑,即便与里美来往着,也从不敢主动打电话给她,能见面就心满意足了。阴郁的心情倒是能获得一时的拯救,这就像用麻药,药力一退,阵痛就会再来。而且两人在一起时,我无论如何也找不到轻松愉快的话题。想到提供话题取悦对方是男方的职责所在,我就越发焦躁不安,结果更想不出有意思的谈资了。因为独自一人时净胡思乱想些沉闷丧气之事,心里压根儿就没有快乐的想法。看着面前为我搜肠刮肚寻找话题的里美,我更是痛苦难耐情绪低落。里美每天聊的也不过是大学里的那点事,自然也不会有多么新奇的话题。

因此这一年里,我陷入了既想跟她见面又不愿见她这种极端矛盾的困境中。能见面当然十分欢喜,可同时又心怀畏惧。偶尔打她手机,听到"不在服务区或手机已关机"的女声提示音,我就不禁浮想联翩,猜想她肯定跟男朋友在一起过二人世界。上大学后开始化妆的她,出落得更加美丽动人,自然不会被其他学校的男生放过。她说过,她们学校经常跟其他大学搞联欢,那可不是像我这种中年人抛头露面的场合。

可能是为了照顾我的感受吧,里美从没说过有男朋友。不过这多半也是因为我没问起过。我不敢问。要是她回答说有了,我完全想象不出自己会有什么样的感受。抱着这种心态,我对来横滨上大学的里美自然十分喜爱,同时又感到一丝隐隐的厌恶。我是个胆小鬼,不敢乐观地正视降临到自己身上的这莫大的幸福。如果是根本不可能实现的愿望,那最好从一开始就不要出现。

我也非常清楚这种想法极不正常。这就"跟因怕宠物死去而难过所以不养狗"是一种论调,或者与"因死时会痛苦所以一开始就不该出生"这种想法类似。但抑郁症不是借口。我甚至希望趁我受伤还没太深,里美要是能就此销声匿迹就好了。另外,为使那时的自己尽可能少受伤害,我也不想频繁见面陷入太深。她还小,跟我根本就不是同一代人。就算现在没有,早晚也会交上同辈的男友。若是想象一下自己必须在没有里美的日子里活下去,那将会多么凄惨啊!因此里美的出现也只会使我的抑郁症越发严重。

一个夏天的午后,里美打来电话说要见面,于是我蹬上条麻布裤子,全身上下穿戴整齐来到马车道上。时间还充裕,我一边浏览着女装店橱窗,一边向约好的马车道十番馆走去。从一家店里传出 Connie Francis[①] 的《幸福》,歌曲使我想起许多往事,我不禁驻足聆听。一曲过后我竟感伤不已,在檐前久久动弹不得。以前,我虽然并不特别幸福,但至少不像现在这么胆小怯懦。这时,突然发现道路前方正在熠熠发光。

是穿着白T恤、扎着马尾辫的里美正在十番馆门口等我。她晒得略有些黑,配上脸上的雀斑,活像个五十年代的美国姑娘。刚才 Connie Francis 的歌声似乎又在耳边响起,我心中暗喜良久。闲聊了几句后,里美慢条斯理地将放在脚边的麦秸手提

---

① Connie Francis(1938-):出生于美国新泽西州的意大利裔歌手、演员。

包置于膝头,从里面掏出了一样东西,然后说:

"先生,一起去这里吧?"

一本精美的蓝色画册在桌上摊开。没准儿是山里或者海边,我心里嘀咕,梦一般的画面展现在眼前。能跟里美去信州的山里转转,那一定是桩乐事。应该不可能是两人单独成行,当然那也无妨。夏日的清晨,能一起在湖畔散散步,我那忧伤的心灵也肯定能获得治愈。但我马上又条件反射地设想,如果制造出了这样的记忆,有朝一日一旦失去,她岂不会痛苦难当?唉,算了算了,眼下还用不着琢磨这些。

那竟是一个名叫"新星"的英语会话学校的入学指南。"英语会话"这几个汉字跳入我眼中的瞬间,我确信自己的心脏停止了跳动。

"怎、怎么?!"

震惊令我喘不上气来。可能这一瞬间,我活像条缺氧的金鱼吧。我极力掩饰住全身的战栗,使出浑身气力合上大大张开的嘴巴,拼命装出一脸平静的模样,但心已提到了嗓子眼儿,警钟在我心头敲响,里美的面容一下子变得模糊。我的声音大概也在颤抖。想来人在弥留之际可能就是这个感觉。

世间最令我恐惧的东西竟出现在眼前,真是难以置信。当然我并非憎恶学校。如果是用日语授课的学校,不管是银行职员教育讲座、废品回收从业人员培训学校,还是调酒师课堂,我都能接受,但唯独英语不行。这已经不是借口不借口的问题,而是上升到身心承受力的高度了。

"开、开玩笑吧!"我说,话音几乎变成了嘶哑的尖叫。

"您不喜欢?"里美若无其事地说,不敢相信她的声音那么明朗清澈。

"不是喜欢不喜欢,是不、不行!"我好歹正常说话了。

"为什么呀?"

"还说为什么?搞什么突然袭击啊,这也太过分了,该问你为什么才对……"

我的冷汗自全身滚落而下。偏偏跟我聊英语,真是哪壶不开提哪壶啊。里美找错了对象。

"我修法学系,所以想学英语。"里美说。

"什么?你,法学系?!"

有句日本俗语叫"屋上架屋",意思是在我的大吃一惊上面又摞上了一小惊。我再次惊得张大嘴巴无言以对。

这又让我大为震惊。位列英语之后,最让我发怵的就是那本厚得离谱的《六法全书》[①]了。要是有人要我把那玩意儿全背下来的话,我就得去自杀。这么说未免失礼,自打在贝繁村见面时起,里美给人的印象就距"用功之人"相距甚远,更何况要成为法律专家。

[①]《六法全书》:收录了日本宪法、刑法、民法、商法、刑事诉讼法、民事诉讼法等基本法令的书。

"上次不是介绍过御名木先生嘛!"里美说。

"那位御名木教授,对,是法学系教授?"

"是啊!"

"……"

"我说先生,干吗这么大惊小怪?"

"你要当律师?"

瞬间,感觉里美突然变得遥不可及了。里美要是成了律师,那肯定就不是我这样的人能见得着的了。

"律师?哪儿呀?律师可做不来。"里美说。

我松了口气。

"做检察官?法官?"

里美笑起来,手在鼻尖前左右直摆。

"可那是法学系啊,真吓我一跳。"我说。

"我不像能上法学系的?"里美脸色稍显不悦。

"不不,当然不是那个意思。"

"之前,我家生意不好的时候……"

"家?龙卧亭?"

"嗯,是啊。现在知道了不懂法可真会吃大亏,当时我们差一点连家都没了。"

"那英语会话呢?要做国际律师?"

"哎呀!怎么可能!不是那样。"里美哈哈笑起来,又说,"因为我不是英语专业的嘛,英语专业的话,大学里有很多外籍老师,所以……"

聊着聊着,我的心已向"让我死吧!"的念头飞驰而去了,生存的希望眼睁睁滑落到了井底。

"可为什么要我跟你去?我不行啊!英语什么的完全不会说,一点也不会,一句也说不出来。"

"所以才去嘛,先生!"

想来也是。理是这个理,但这个理搁我身上行不通。

"但我真的学不来啊,没天分。一站到外国人面前,身子就僵了。"

"先生,这些话您要说到什么时候?作家怎么能这样?演讲不行,问答不行,英语会话也不行吗?"

被她尖利可人的声音一顿反诘,我张口结舌理屈词穷,稍有些伤自尊。我暗叹她转眼就能换上一副律师质询的面孔。说实在的,事实正如她说的那样,我无可辩驳。可就算如此也不必非说出来嘛,作家也各有千秋才好,不是吗?

"真的不行啊!"

"您打算一辈子都这么说吗?在大庭广众面前讲话,连我都经历过!"

"噢?你也演讲过?"

"我参加过高中的辩论大会,我的拿手好戏!"

"啊,是吗!"真不得了,那她适合干律师。

"先生的书,我看了很多,凡书店里卖的,全都看了!"

"啊！是吗！太谢谢了！想看的话，我送你就好。"

"先生您不是去过国外很多次吗？"

我没吱声。

"比起我来，先生更需要英语。大家都这么说。"

都这么说？我心里一揪。

"都这么说？"

"推理小说研究会的朋友们都这么说。"

"啊……"

绝望了。果然如此。女生凑在一起可不净喊喳这些！我看书也别写了吧！

"御手洗先生不也是因为先生英语差才出国的吗？"

不单单因为这个，我心里说。

"英语学好了，不就能帮得上御手洗先生的忙了？也不用说得多流利，一点点就好。反正先生得学！"

我一声不吭。此时此刻脑袋里正在想这些：相比烧菜手艺长进，还是这个好吧！

"被她们一说，我也很不甘心。瞧这儿，有课程免费体验券。"里美翻开宣传册说道。

看见夹在册子正中间的红色体验券，我的心情真是糟透了。像晕车似的，我紧闭双眼，一动不动一声不吭。

"一起去这里，好吧？就在关内站后面。我也想学，一位老师会带两三个学生，可以一起上课！"

"可你是在校大学生啊。"

她正处于英语能力最强的时期,而我是"This is a pen"的水平。一大把年纪了,没完没了地在里美跟前丢人现眼,还不如死了好。

"我的英语也高明不到哪里去,就是个乡巴佬!"

非我自吹,我也是个乡巴佬,而且还没那水平。真跟刚开始学一个样,厚着脸皮去上课,肯定会被老师怀疑:"你连中学都没上过?"

"上了岁数的老奶奶也在学呢!"

可那老奶奶做姑娘时没准读过女子大学的英文专业哩。

"而且这里最便宜!课时费一次一千二百块①起步,不超过两千!"

这么说,是比针灸治疗还便宜。针灸一次一千五,可去针灸多舒服,学英语多遭罪啊!

"而且星期天节假日也上课,预约制,晚上也行。"

"抱歉……"我说,"做不来的事就是做不来,实在对不住,你跟朋友一起去不行吗?我就免了。"

脑袋确实开始发晕了,还有恶寒、胃痛、呼吸困难,里美的面容也看不真切了,身体如急性尼古丁中毒般麻木,感觉腰也开始疼了。这可是不折不扣的过敏!不行了,想去外面呼吸呼吸新

---

① 一千二百块:指日元,下文同。

鲜空气!

里美愣愣地盯着我,目不转睛。我觉察到了这目光。接下来的片刻沉默令人尴尬不已。

"先生。"

里美似乎想说什么,我先发制人道:

"抱歉,我受不了被人说三道四。什么'不拿手机会落伍''不早点上网跟不上潮流''不说几句英语会被大家甩下,这种遭挤对的事我经受得够多了。"

"先生,我可没说要您上网什么的呀!手机,先生不用也没关系。"

"可是……"

"英语可完全是两码事,先生您需要英语。被御手洗先生甩了也没关系吗?"

"你听,到底还是说我被御手洗甩了不是?"

里美听我说完,默不作声地注视了我一会儿。

"我说的是被御手洗先生甩了,没说被大家甩下。"

"一回事。"我说。

"御手洗先生跟大家是一回事吗?"里美愕然道。

我又成了一只贝①。沉默了足足一分钟。

"明白了!"里美的语气莫名其妙地干脆起来,"先生,这些

---

① 贝:比喻什么也不想说,不想被关注,像只紧闭双壳的贝。

日子很开心,谢谢您!"

"嗯……"我无话可答,什么意思啊?

"我可能不会再跟您见面了!请先生保重!这是饮料钱。"

我慌了手脚,连"这钱我来付"也说不出来了。一时间方寸大乱。

"我下周要搬家,搬到户塚校舍那边。所以以后不再见您了,再见!"

里美将宣传册塞进麦秸手提包,穿进手臂挎上肩头,刷地站了起来。我也跟着站起身。

"等,等等,小美!"

"什么事?先生?"里美冷冷地说。

"呃……"我无言以对。现在连里美都对我不抱希望了。哎呀,这算什么事啊!

"什么事?请快些讲!我还有事!"里美厉声道。

现在我一个人回住处的话,肯定难受得不得了。

"要是我去'新星',你就不用搬家了是吧……这样的话……"我提心吊胆地问。

"那我也去这里,还是住这边方便。"

"你可以不搬家?"

"可以,住这儿也可以。要看先生您了!"里美说。

"那就去'新星'!"

我冒冒失失地脱口而出,说完就后悔了,不过现在里美如果不在,那将更冷清更凄凉,而且我还一点心理准备都没有。

"那明天一点,一起吃完午饭就去。已经预约了,免费体验课。明天中午12点,'小马'见,好吗先生?"

听她说完,我茫然呆立。已经预约了?那这都是预先编排好的说辞了?我心里一紧。前胸后背,汗珠接连不断地滚落下来。

就这样,我被强行拖进了英语会话学校。平成八年之夏。

3

想必里美是为了我才导演出这一幕的吧。在她的大学里,我似乎是个颇能成为话题的人物,如果里美的同学们表示出对我的轻蔑,里美可能就会展开例如"没那回事,石冈先生也有优点"这样的反击。在这种情势下,说不定她就萌生了让我至少去学学英语会话这一念头。后来与里美有过多次聊天,也已确认了这个推测,但在当时,我根本无法从容地思考这些。

跟里美分别回到公寓,在阴暗的房间里启动了文字处理机,可我也一行字都写不出来。东西写不出,却也没心干别的。想到多少该为明天预习预习,就翻出大学时代的英语课本看了几眼,稀里糊涂完全不知所云。况且明天要搞的是会话,根本不可能派上用场。我的不安反倒更加强烈,几乎彻夜未眠。

第二天一个上午,我似睡非睡地不断打盹儿,中午一脸没睡醒的样子去了"小马"。里美早来了,一看见我这个模样,马上用非常明快的声音叫道:"感觉先生有些憔悴。"记得在龙卧亭也这样被她说过,我是那种很容易就把睡眠不足反映在脸上的体质。可能是因为熬出黑眼圈儿了吧。

里美已经点好了炸虾套餐,睡眠不足时胃口也差,我也没什么心情吃。但一点不吃又太不正常,心想至少来个清淡的吧,就要了中华凉面,可连一半都没吃下。

"先生没事吧?看样子像是不太舒服。"里美吃着浇淋上酱汁的炸虾问。她一点也没怀疑我身体欠佳是不是她造成的。

这且不说,没准这是应该庆幸的呢。不过我实在佩服她,大热天的还能吃得下如此油腻的东西。

死囚将要被执行死刑的那天早晨或许就是这个样子吧。心脏不断撞击着嗓子眼儿,呼吸处于持续停滞状态,脑袋里塞满阴沉灰暗的念头。全身气力一刻不停地从体内倾泻而出的感觉,就像是皮球在慢慢泄气。一点点地,却是实实在在地将气力从体内抽走,我马上就会浑身乏力动弹不得了吧。

"饭吃得差不多了?"里美问。

我一下子回过神来。

"那,该走了……"里美说。

啊?这就走?想说再这样多待一会儿,瞅瞅墙上的挂钟,确实已经差十五分一点了。挣扎着站起来时,刚咽下的中华凉面的面汤味儿有点返上嘴里,像是混合进了胃酸的异味,将我彻底拖进了绝望的深渊。

跟跟跄跄地来到马车道上,天气好得令人生厌,热气从铺路石上升腾起来,烘烤着我的面颊。海港方向烟霭摇曳,热浪几乎要使我出现贫血症状了。强忍着想蹲下身的诱惑,我咬牙迈开步子。

"先生这边这边,这边嘛——"

里美精神抖擞,丝毫没洞察到我的绝望。虽说如此,好歹还被她尊为"先生",不过只剩一小时了。一小时后,我将从"先生"沦落为她所认识的最悲惨的人物。

"新星"英语会话学校位于关内站后面一幢大厦的五层。出电梯沿走廊直行,入口在左侧。入口处和明亮的室内都贴满了各种海报,里美说挺像旅行代理店,可我根本没有额外的心思去发表感想。

进门最外面的右侧,有几个用屏风间隔开来的狭窄空间,里面分别摆放着桌椅。所有隔间里都不见学员的身影,这个时间可能还没开课。

里侧有张接待桌,桌子后面站着看似事务员的日籍女性和三四位貌似教师的外籍男女。

小时候头一次去看牙医时就这样,吓得我双膝开始打战。这倒好,我紧张得马上就要说不出话来了。在开不了口之前,我有话必须跟里美预先说一下。于是我叫住她。自打进电梯起,我就想对她说了。

"小美,我说,我……"

大踏步兴冲冲走向接待桌的里美驻足转身面向我:"嗯?怎么了先生?"

毫无顾虑的开朗表情、令人炫目的年少青春,被她的气势压倒,我木然呆立语无伦次。

"我说……"却说不出想说什么,"以后再说吧。"

勉强挤出这几个字,她点点头,对我扔下句"请在这儿等我",便一个人向接待室走去。我挣扎着站稳不让自己晕倒,站在走廊中央等她。等待过程中,我胡思乱想一大通:为何人世间要有外语这破玩意儿呢?为何世界上的人要各说各的语言呢?为什么不能统一成一种呢?为什么不能统一成日语呢?

里美像趴在接待桌上似的正跟日籍女性聊着。背后,三个外国人凑过去听里美她们的对话。貌似教师的人中,一位女性,两位男性,男性中有一人满头金发体格健壮,是颇为可怕的类型。当然,哪位外教也不招人喜欢,我特别讨厌这个盖世太保[①]模样的家伙,我闭目祈祷,千万别跟这家伙扯上关系。

"先生。"

里美说着回到这边。我睁眼一看,金发壮汉也从接待桌后出来,向这边走来。到底是他!要是自己是个女的,要是此时此

---

① 盖世太保:纳粹德国的秘密警察。

地能昏迷过去该有多简单啊！其实我心里清楚,肯定是这金发家伙。我历来如此,最坏的预言总能应验。

"老师说请咱们进这个隔间。"

言罢,里美大大方方地自己先进了隔间,在一把椅子上坐下。拖着踏在坚硬的地板上几乎没有真实感的步子,我也蹒跚地进了隔间,坐在椅子上。金发壮汉则从内侧进入隔间,接着声音洪亮快活地向我们打招呼:"Hi,guys!"他伸过手来要握手,我浑身哆嗦,恐怖感不亚于撞了鬼。

"How are you doing？"

他看看我又看看里美,不知对谁说道。里美马上站起身,我也跟着站了起来。教师金发碧眼,脸上皮肤很白,面颊上有些雀斑。眉毛也是金色,剪了个五分头[①]。

我对他这头金发尤其不安。个子高、胸板厚,我不断感到那种遭逮捕时的威慑力。被一双绿眼睛直勾勾地盯着,我已变得神志不清,身体僵直,别说应答,声音也好肢体也罢,瞬间连一点反应都没了,也就是说,我一动不动地僵在那儿,连呼吸都忘了。

"Fine, thank you."

里美笑答着握了握他的手。就这一句,让我的脑瓜顶像是重重地吃了一闷棍,险些摔倒。怎么？里美这不是会说嘛！说成这样还骗我说自己是乡巴佬,英语不行,太过分了！太恶

---

① 五分头:头发整体均匀剪成约1.5cm长。

毒了！

"Shake hand please."

教师笑着说，我猛地惊醒过来，握住了那只手。又粗又大的手，跟我的比起来，简直就是大人跟小孩之间的差距。我的脑袋失控般地点了一下，手还在抖。教师略微出声地笑了笑，我感到自己在被嘲笑，身子一下子发起烫来。汗流浃背，全身哆嗦。空调开得太足，周身发冷。

"Why don't you sit down？"

他说完，里美与教师动作自然地在椅子上坐下。至于我，因身体僵直，膝盖也打不了弯，不止这些，眼前的状态怎样我早已视而不见，眼前像崩散开了一团团火星。

"先生！"

里美说着向下拽了拽我的手。我因此回过神来，像一头心脏麻痹的大象似的跌落在椅子上。那夸张的响动又惹得教师笑出了声，他似乎试图为激发我的热情，说了句什么玩笑话，当然我根本听不懂。后来问过里美才知道他对我说的是"你真有才"。这到底算哪门子"才"啊！

"我的名字叫艾瑞克·米泽尔。"

教师快活地自我介绍——看起来像。这段文字也是过后将从里美那里听来的内容整理编写的，在面对面的时间里，他说的英语一句也没进到我耳朵里。就是进来了，意思也完全没入脑袋。

"所以请叫我艾瑞克。那么,请告诉我你们的姓名。"

"我叫 SATOMI·INUBO①。"隐约记得似乎听到了里美的回答。

这时忽地觉察到现场陷入了奇妙的沉默中,两人转过脸来,眼睛眨也不眨地盯着我。我惊呆了,心脏打鼓似的怦怦直跳,汗水一个劲儿地哗哗往下淌,身体抖个不停。

里美瞅着我的脸说:

"先生,说名字呀!"

啊,原来是被问到名字啦!我恍然大悟。惊恐之下,"My name is"的句式也说不出口了,甚至都没想到应该把姓和名的前后顺序颠倒过来,我口不择言地嗫嚅道:

"ISHIOKA·KAZUMI②……"

话一出口,泪水竟溢满眼眶,眼前模糊一片,什么也看不见。双唇颤抖,思考完全停顿。慌忙摸索口袋,谢天谢地带了手帕,赶紧拽出来假装擦去额头上的汗水,趁机拭去泪花。因此可能没被两人发现吧。

再往后我豁上脸面,既不管场面是不是尴尬,也不顾会不会让人生疑,一直低头不语苦苦忍耐。刚才的发言,足以让教师摸清我的外语能力了。所以,他应该不会再搭理我了。

---

① SATOMI·INUBO:"里美·犬坊"日语发音的罗马字拼写,并按欧美人名表示习惯,名在前,姓在后。

② ISHIOKA·KAZUMI:"石冈·和己"日语发音的罗马字拼写。

我听着两人的对话，基本弄不懂他们在说什么，仅在听音而已。只有里美开心的笑声不断传入耳中。里美好像说得也不怎么好，的确相当吃力，但在我听来，简直就是另一个世界的人，两人的对话毫无障碍。里美甚至还时不时地开个玩笑，引得米泽尔先生哈哈大笑。

后来得知，两人聊得是有关横滨的印象、从日本的哪个县来、去没去过奥地利等话题。据了解，米泽尔先生现居美国，是奥地利裔。如我所料，那之后米泽尔先生没再对我说什么。放下心的同时，我也将自己推入了自卑感的深渊。

回过神来时，两人已在用日语交谈了。我从噩梦中惊醒，回归现实。米泽尔先生日语也说得相当不错。既然这样，何不一开始就用日语跟我聊呢！里美正用日语抗议着什么。

"可我想跟石冈同学在同一个班里学习！"里美说。

我这才明白，原来自己跟里美被分到了不同的班级。刚才的英语会话，其实是为评定我们的实力、为确定分配到哪个班里所做的测试。

这种不打招呼的测试让我深受打击。而且，头一次听到里美用"石冈同学"这种称呼叫我的名字，果然不出所料，从"先生"降格到"石冈同学"，这也令我伤心不已。

"犬坊同学请从级别5开始。其实你学级别4应该也没问题，不过从级别5练起更轻松。石冈同学，从级别7-C班开始最好，首先请感受感受英语的氛围。"

说得倒很贴心,听着却声色俱厉。

"我也进级别7不行吗?"

"不好不好,你都上大学了,级别7太乏味。"教师说。

我也上过大学呀!只可惜,那已是遥远的往事了。

"级别7-C班进行的是非常非常基础的学习。你的情况不适合基础学习,而应不断大步向前,提高实战能力。"

"有几个级别?"里美问。

"我们将整体划分为七个阶段。"

果然如此!我暗想。没期待有级别8,但说得这么明白,无非再受打击而已。

"只有级别7分为A、B、C三个阶段。C是为熟悉英语氛围而设置的级别,不过一旦适应了,可以马上晋级。"最后,教师像要宽慰我似的对我说道。

而我耷拉着脑袋根本仰不起脸。就我而言,上一级是级别7-B,从鼻屎移到眼屎的水平罢了。

"分班就这么定了!今天开始就可以随时来上课。电话预约后请来这个教室。预约时请一定报上自己的姓名与级别。"

我悄然退到走廊上。至此一切都将走向终结。只能偶尔回忆回忆给里美打电话约见共餐的日子了,今天就会与这些告别。里美大概也没想到我这个大叔竟是如此不堪一击吧。我刚才已原形毕露,恐怕她也对我失去了兴趣。"先生"这一敬称飞向了百万光年外,"石冈同学"还算好听的,很快就要降成"石冈君"或"喂,石冈!"了。

走到电梯前的空地时,里美小声说:"先生。"她按下了向下的按钮。

"嗯……"

我吃了一惊,做梦也没敢奢望自己还能被这样称呼。

"今后全由我来预约,包括先生的课程。"

我无话可说,不知该说些什么好。

"没能分在同一班里,请原谅。"里美自责似的说。

我心里一痛,无言以对。哪里话啊,不能同班都怪我,是我能力太差。

"小美,我……"我想解释解释,可无论如何也拿不出能解释清楚的自信,因为刚才我那荒谬绝伦的狼狈相,就这么跟她道别独自回住处的话,我甚至没自信自己能否正儿八经地待着,不知自己会搞出什么名堂。但今天与昨天不同,虽说仅有一点点,毕竟已有了心理准备。尽管自尊心什么的早就荡然无存,这样说也实属怪异,可我得有个男人样!单单这一点我一定要亲口说出来。而且,今后要想方设法一个人生活下去。

里美配我这样的太可惜。我们的位置关系,恰好像刚才的评定。啊,对啊,就是嘛!所以刚才我才那么备感受伤。这可不仅仅是英语能力的问题。我在级别 7-C 班——最底层,而里美处于比我高得多的档次上。在一起只会拖她的后腿,所以我至少应该有点自尊,应该将她彻底解放出来。

"刚才就想说这话,可不知该怎么说。该怎么说呢……总之能遇上你真是很高兴,非常感激,所以,到此为止吧,昨天还不行……今天已经没什么了。所以你就去户塚的校舍吧,不用管我。

"我既不是先生也不是作家,总之不是你想象的那种人。总之,总之就是太差劲儿,从今往后,肯定会更加更加令你失望。啊,当然了,这并不是说你本来对我期待着什么,因为自己就是差劲儿,其实我比差劲儿更、更、更差劲儿。以后我会差劲儿到什么地步,会怎样丑态百出,连我自己都没数。所以啊,你搬去户塚校舍……"

说到这里,电梯门在面前滑开了。里美先跨了进去,我迟疑了一下也跟着进了电梯。连进同一趟电梯这种事也能心生犹豫。

"就别再管我啦,你去户塚校舍……"

"先生,户塚校舍什么的,根本就是子虚乌有。"

"什么?"里美的话让我大吃一惊。什么意思?

按下到一楼的按钮后,里美慢慢地抱住了我。周围没有旁人,电梯内空空荡荡。感觉心脏停止了跳动,此时此刻的我总算意识到了这一事实。

里美将双手环抱在我背后,脸颊贴上我的胸口。她这样一折腾,弄得我极不舒服。衬衣让汗水浸透,我也不具备要她这样做的资格,感觉被她同情,心里并不爽快。片刻过后,里美抬起头来。

"哟,粘上粉了。"她盯住我的衬衣前襟,用手掌呼啦呼啦地拍打,然后抬头看着我:"先生,打起精神来,加油!"说着,她露出笑脸。

"啊?加油?"

这意想不到的台词让我不知所措没了主张。

"对!先生,加油!"

接着,她像要从两侧挟住我似的砰地拍了一下我的双臂。与此同时,像是接到了信号一般,电梯门在她背后滑开。

里美松开我,快步走进人群。还留存在我体内的"加油"一词,一点点地让我打起了精神,恢复了气力。犹如神助,里美一瞬间便治愈了我的悲伤。

我脚下踉踉跄跄,怎么也跟不上里美。于是里美在熙攘的人流中驻足等我。

"抓紧我。"说着,她抓起我的右手,一拽一拽地拖着我大步前行。走了一会儿,她说:"对不住您啊先生,去十番馆喝茶吧!"

4

就这么着,从几天后开始,我有了个所谓"站前留学"的身份。里美说,每周星期几固定某一天去学习更有十劲儿,我也没理由反对,就任由她安排。于是她说根据自己学校课程安排情况看,每周二的四点后时间合适,所以我也这样定了下来。

我问她,你在上着学,难道不该是周六周日或平日的五点六点后更方便?我自己这几个时间段也没问题。但里美说,周六周日要练琴,而且最不喜欢傍晚时分。问她理由她却怎么也不肯说,好久之后才总算道出原委。原来她在广岛也出去学过东西,当时就是六点以后,那正是上班族们下班后来学校的时间段,有人老是约她去喝酒,让她很为难。

我们终止了每周在茶室碰头后再去上课的模式,反正下课后要去茶室,课前课后都去的话太不经济。杂居公寓一楼有条长椅,在这儿见面一同乘电梯上五楼的学校,里美去上级别5班的课,我则上级别7-C班的课。课时大约一小时,谁下课早谁先下楼在长椅上等对方。两人都下课后一起走到马车道,去十番馆喝茶。只要不提课堂内容,对我来说,这是一段快乐的时光。

像我们这样定下星期几去上课的人似乎很少,可能是因为学员里公司职员较多吧。他们利用工作空隙时间,匆匆忙忙地赶来上课。故此里美说,每天上课的同学都不一样。企业战士们慌慌张张地跑来急急火火地听课,之后又心急火燎地赶回公司。他们被公司派过来学习英语,这算是业务的一个环节。里美说他们真的是在争分夺秒。我暗叹真是了不起,换成是我,不出一个月就得被炒鱿鱼。

里美所在的级别5班按英检①标准,正所谓差一点就达到准一级的水平,所以班里的人都很能说,企业战士们多在练习实战英语。课堂提问多,专业词汇好像也常在会话中出现。就是这么一帮人,你方唱罢我登场走马灯似的在班里来来去去。因此里美说真是刺激,常听来上课的同一家公司的同事讲,上周还在班里的学员,今天已身在纽约云云。

另一方面,我的级别7-C班,什么时候去,班里都是相同的面孔。八十六岁的酱菜店老奶奶和六十九岁靠退休金生活的老者。除此之外,偶尔还有位四岁的小朋友,被妈妈领着来上课。

授课用的隔间也是特设的,在走廊最里面的角落里,只有这里稍稍宽敞些,墙上挂着可用毡头笔写字的白板,所有椅子都朝向白板。也只有这里没有露天咖啡馆那种高雅气氛,说到底,我就是只能来这种没有新意的教室的人。

不止白板,还有供儿童开着玩的小汽车和体积庞大的算盘,看来这里也是个幼儿园小朋友的学习空间。教师不是金发的米泽尔先生,而是位名叫杉山弘子的日籍女性,年纪有五十岁。

我在琢磨为什么单单我们的教室在走廊尽头,原因是里美他们也在最开始那天我们去过的最外面的隔间里上过课,教师是米泽尔先生。我用眼角余光看着他们走进教室。开始上课后才弄明白,八十六岁的老奶奶耳背,必须周围鸦雀无声且老师讲

---

① 英检:日本实用英语技能考试的简称。

课声音大才能勉强听见,所以教室的位置才这么偏僻。

至于授课内容,不开玩笑,就是ABC。杉山老师手持一个巨大的A字形积木,用日语说:"这是A。"于是我们就发"A"音。然后是B。老师展示给我们积木B,说:"这是B。"我们又一起铆足劲儿说"B"。因为老奶奶耳背,我们说完后她才说:"B。"第一天这些东西学了一个小时都没学到Z,因为老奶奶记不住字母的形状。

接下来的一周进步很大,要从头开始往下读ABCD字母表。读完后,杉山老师用小棒随机指点字母,问我们这个字母念什么? 这些内容连偶尔来跟着上课的四岁小朋友都听得没精打采。拖着虚脱的身子跟里美汇合,不管是去喝茶还是去中华街吃饭,我都四肢无力困乏不已,她还问到底怎么了。"嗯,加油!"我嘴上应答着,却无论如何都打不起加油的精神。要不是因为和里美一起去,我的站前留学三周都熬不下来。

老奶奶名叫金子为,她说她有间从江户年间经营至今的酱菜店,本来在上方①,文明开化②那阵子迁到了横滨。她解释说这是受了某位叫什么什么的了不得的洋人的指点,但这位外国人的名字无论如何也想不起来了。她问我:"你要不要这就去我家,回到家就能知道名字了。"我说今天不太方便,赶紧回绝。

---

① 上方:日本京都及其附近的地方。
② 文明开化:特指日本明治初期思想、文化、社会制度的现代化或西方化。

总而言之,因为级别 7-C 班都是雷打不动的老面孔,我们渐渐熟络起来,上课前下课后会多少闲聊会儿。这位老奶奶真是个大好人,关系亲近起来后,她每周都给我带来用塑料袋装着的酱菜。我一般都直接转送给里美,同一口味带来多次时,我就自己拿回去就着茶泡饭吃,味道相当不错。问她往返学校的路上没问题吗,她说就住在离学校步行五分钟左右的地方。

还有一位老汉,名叫大田原智惠藏,六十九岁。身为六十多岁的日本人,他个子很高,一头银发梳得一丝不乱,身上没有一点赘肉,说得稍夸张些,感觉他全身上下透着一股高贵气质。穿戴也讲究,高领西装夹克的肘部与领部贴合着皮制材料。他身上丝毫不见他这个年纪的日本人常有的摆臭架子的毛病,反而异常客气。因为他说话结结巴巴,我常常带有好感地望着他。不过他说话极少,刚开始那会儿,没多少轻松聊天的机会。

夏季过后秋风乍起的时节,我们这个类似 NHK 教育电视台幼儿节目的班,竟然也多少给介绍了些英语味的日常用语。对初次见面的人,要说"Nice to meet you",杉山老师解释说,这一般会听成"Nice to meet-you[①]"。

"来,大家说说看!"

这下子,大田原智惠藏叫吃不消了,他只能说出"Nice tyu-meet-you"。说了多少遍都是"Nice tyu-meet-you",每次都惹得

[①] Nice to meet-you:本文此处表现英语口语的连读。

哄堂大笑。这种幼儿似的口齿不清,大家一般并不当回事,但我不喜欢这样的笑法,我没笑。

"啊——真的不行啊,说不出来啊!"大田原语调诙谐地说。

咦,此人竟这么有幽默感?我对他的认识略有改变。这句连为奶奶都会说了。

唯独这句,我总算最顺溜地说了出来。"对啦,石冈同学说得很好!"听到老师夸奖,我竟大吃一惊。受表扬这种事,近十年来,不对,可能是二十年来都没有过,说生来没有倒是不至于,但真的是久违了。

当然他平时也不是特别能板着脸的人,在不断与发音苦斗恶战的过程中,大田原渐渐换上了一副孩子般专心致志的表情,因此他给了我极好的印象。同时,也让我心里隐隐作痛。固然幽默,但因发音发不好,也只能以幽默聊以自慰,内心却是痛苦的。同病相怜,我非常了解他心里在想什么。

下课后,我和大田原一同乘电梯下楼。此时的大田原又变回了往日少言寡语的老人。因为我也总是在与学校相关的人面前低调行事,如果大田原不跟我搭话,这一天可能就无言道别无事而终了。

"石冈同学,你的英语真棒啊!"大田原说。

"啊?你说什么?"我反问。没想到他会提到英语。而且,大田原说话,我听着稍有些困难。但大田原没再多说什么。

下到一楼,我们来到街上。这天里美恰巧不方便,没能来学校,于是我就试探着约大田原,去马车道的十番馆喝点茶。他像是稍微犹豫了一下,点点头,说:"我走路叫是很慢的。"

这根本不成问题。我配合着他的步调,极慢极慢地走向马车道。过主街时,估摸到信号会在半道变红,就算是绿灯也暂且不过。本来我就喜欢慢步走,所以才总被里美甩在身后。

跟大田原安安静静地聊天,这天是头一次。我并不反感跟上了岁数的人聊聊。但于我而言,想与之说说话的老者实在少之又少。大多数老年人岂止不快乐,甚至阴郁得令人腻烦。这是因为他们虽有程度上的差异,却多半喜好抖些无意义的威风、同一件事絮絮叨叨反反复复啰唆个没完、异乎寻常地爱教训人且有自吹自擂的通病。

不过大田原跟那些人截然不同,他谦虚内敛得几乎到了卑躬屈膝的地步。尽管他人高马大,却因总是躬腰驼背身姿不良,致使他看起来比实际要矮小许多。保持着这样的姿势慢慢走进茶室,坐在椅子上也一直前屈着身子。对我也是一丝不苟地使用敬语,丝毫看不出他在拿捏算计什么时候说话可以不用这么客气。只要不被问到什么,他绝不主动开口,而且没聊几句,他就凄楚地笑笑。我萌生了要了解一下此人有过怎样的经历的冲动,并对他的为人、造成这种性格的过去产生了浓厚兴趣。

喝着咖啡,我问大田原怎么会想起要来英语会话学校这种地方。金子为奶奶说,酱菜店里有外国人来时听不懂他们说的话会耽误事,所以我就想,大田原是不是也在做着什么生意。

听我这么一问,大田原很不情愿地稍稍谈了一些自己的生活。他一个人住在横滨廉价的公寓里,靠养老金勉强度日,没做生意。那为什么要学英语呢?我顾不上客气不客气了,一定要问出个所以然,因为打心底里觉得不可思议。这种境遇下,换作我,就算是亲爹留下了遗嘱,我也决不来英语会话学校这种鬼地方。

起初他笑着不愿吐露实情,闲谈了相当一阵子后,他才坦言自己是基督徒。他仍是一副不好意思的样子。他说每周日早晨十点半来附近的教堂做礼拜,参加爱餐会和晚上的《圣经》学习会的情况居多。

问他爱餐会是何物,回答说是教徒们的友好午餐会。他虽是个老基督徒,却不能用英语朗读《圣经》。与刚从海外来的外籍牧师也没法进行简单的对话。不止如此,他还说,一到外国人跟前,身体就变得僵直,话也说不出来了。

我差一点从椅子上蹦起来,脱口而出道:"我也是啊。"简直说到了我的心坎上了。不过大田原跟我不同,他好像没有寻觅同类的意思。他笑着瞥了我一眼,鼻息也与兴奋得呼呼直喘的我完全不同步。他冷静地继续说,虽说基督教本来是海外舶来宗教,可身为信徒,外语差成这样实在说不过去,于是下定决心要学好英语。这就是最近的事,此前上课的次数也只比我多了一次。

"到了这把年纪,身体又不好,让您见笑啦。"大田原有点自嘲地说。"没有的事!"我表示反对。其实我也四十七八岁了,只不过好歹会说"Nice to meet-you"罢了。我开诚布公地预言,照这个学法,几年的课上下来,无论如何也不敢奢望就能会说英语。

"嗯?"大田原一愣,"那为什么要学?"他一脸不解地问。我不禁语塞,无言以对。被比自己小二十七岁的女孩子强制学习这种话我可说不出口。不过,由此我了解到,大田原跟我不同,人家像是真心要学的。

"身体不好是怎么回事?"我接着问。诚然精神头并不很足,却也看不出哪儿特别不健康。大田原透露,几年前自己因脑梗塞病倒过。尽管现在已不需要拐棍了,但因此仍旧得稍微拖着腿走路,说话也不太正常。"能听出来吗?"他问。我确实没想到,顶多觉得他是个说话和走路都相当慢的人。于是我照实说了。

"啊,是吗?"大田原说,脸上露出笑容,却也没显得有多么开心。看来他对这些不感兴趣,这些事怎么着都无所谓,自己如何被他人看待都无妨。他给人的印象是态度温和,然而事实上他对世间的任何事物,都像是已完全丧失了感动之情。

"所以我害怕跟别人聊天。"大田原说。这时我才终于明白,他为什么这么不爱说话。可是既然嘴巴不灵便,又连口语都不想说,为什么会来学这陌生的外语?因此才有刚才那样的不正常的发音,还被大家笑话。尽管如此,他仍要学下去。了不起归了不起,可我理解不了。

加之他年事已高,靠养老金度日,身上的钱肯定也是紧巴巴的。每周来上课,学费也不可小视。正因为我有自己的难处,所以更搞不懂他身处如此困境却仍坚持来英语会话学校的心思。不得不说他是个相当奇特的怪人,或者说这就是信仰使然吧。

我想对他了解得更透彻一些,因为都饿着肚子,就问他去不去喝杯啤酒。找家小店,配上几个简单的下酒菜,顺便就能把晚饭解决掉。今晚如果没人陪,估计晚饭就是便利店里一天一换的冷便当了。要是大田原手头不宽裕,我就打算全由自己掏腰包。

但大田原说自己已不能再沾酒精,而且今晚有了安排,谢绝了我的邀请。大田原说下周二还能见面。我那天的晚饭,就只得照旧吃便当了。

5

自那之后,我时常跟大田原聊天。大田原参加了一个名叫T基督教会的新教教会,教堂就在马车道旁边。因此,大田原每周日都来马车道做礼拜。我说这样的话做完礼拜也行,有时间的话希望来个电话,并给了他我的名片。他听完暧昧地笑着点点头,他总是这种态度,而且他最终也没给我打来电话。

九月末,因汇报演奏会临近,里美暂时不来"新星"了。大田原却一天不落地坚持来上课。可能受了他的刺激,我也全勤无休。我们两人都一点也看不出有进步的迹象,不擅发音的大田原再怎么被取笑也风雨无阻地来上课。这个尽管上了年纪、无论从哪方面看都算是个衣着讲究的人,竟然如此甘愿充当滑稽角色,这让我大惑不解。对信仰来说,学英语真的那么必要吗?

周二下课后,我约大田原去十番馆聊天的次数多了起来。问他是否很喜欢英语,他笑而不答。没有朋友的我孤单寂寞,看来大田原也一样,他也不像有什么朋友。大田原总是很客气,默不作声地跟着我进十番馆。他说喜欢喝咖啡。想必他囊中羞涩,于是我提出承担饮品花费。起初他还要谢绝,渐渐地也就接受了。

但不论约多少次,大田原都坚决不跟我一起吃饭。这就怪了。按照跟里美在一起的习惯,我在十番馆要来糕点,大田原也绝对不吃,似乎进餐是隐秘的私事。

秋意渐浓,下周里美就要参加古琴演奏会了。老在十番馆也腻了,今天想去别处的另一家咖啡屋,我们便沿着伊势佐木商业街①向南走了下去。这时,大田原突然说自己的公寓就在前面,问我是否要顺便进来看一眼。我一直以为大田原是个秘密主义者,因此对这意外的邀请颇感惊讶。

因已从英语会话学校走出来相当远了,那儿应该是黄金町

---

① 伊势佐木商业街:位于日本横滨市中区伊势佐木町。

一带。他的住处在一幢老旧的木结构灰泥公寓的一层,进门就是厨房。大田原开灯后,破旧的 2K[①]房间即刻呈现眼前,到处卷边的装饰镶嵌三合板地面上,摆放着一张黑乎乎的古董饭桌。正面柱子上挂着一个金色十字架,反射着电灯的黄光熠熠生辉。公寓本身就是摇摇欲坠的古旧建筑,室内所有物品也都一概如此,不是过时货就是廉价货。大田原说,旁边盖起了高楼大厦,大白天的不开灯都不行,我觉得这境遇跟自己倒有诸多相似之处。

　　大田原说他在这里已经住了大约二十五年。厨房固然寒碜,却收拾得异常干净,水槽旁有个小微波炉,想来他大概一直用它加热蒸煮袋装食品,一个人吃饭吧。

　　他请我在饭桌旁的椅子上坐下,自己则径直站到水槽处烧开水,冲了速溶咖啡。唯独从碗橱取出的咖啡杯漂亮得跟这环境格格不入。我惊奇地问它们是哪儿出产的,他回答说是皇家哥本哈根[②]。大田原说,屋里最贵的家什可能就是这咖啡杯了。

　　饭桌上放着个极普通的盛着砂糖的黑色罐子,牛奶则从冰箱里取出。咖啡味道不坏。开冰箱门时我瞥见了里面,几乎空空如也。大田原似乎要给我找点什么吃的,我意识到后赶紧谢绝。仅有的一点点食物让我给吃了可不妥。见我婉拒,大田原嘴里叽叽咕咕地说

[①] 2K:两个房间加一个厨房的空间配置。
[②] 皇家哥本哈根:著名瓷器品牌,丹麦皇后茱莉安·玛莉于 1775 年 5 月 1 日在哥本哈根创立。

了些意思大概是"哎呀不是那个意思"的话,能听得出语气里似乎深含什么别的意义。

大田原在对面的椅子上坐下,我们端起绘有几何花纹的皇家哥本哈根杯子喝着咖啡,在狭窄的厨房里聊了起来。这种公寓真是久违了,我自己以前有过这样的生活经历,所以不免触景生情。我问:"您是单身吧?"大田原点头说:"住这里的二十五年间一直独居。"我问:"您没结过婚吗?"他回答说:"结过,但过去的事都忘了。搬到这里之前住在登户①。"我问:"那之前呢?"他答:"住在成城②。"这让我十分震惊,因为成城也是相当高级的住宅区。我说以前也曾住过东京的西荻洼③,他略显吃惊。大田原是个几乎没有吃惊表情的人。

由此看得出大田原从成城、登户、最后到横滨黄金町这破烂不堪的公寓,居住环境一步步没落下来。其中究竟发生了什么?有什么变故?原先他又是个从事哪种行当的人呢?

经不住我的追问,大田原像是极不情愿地道出了自己的经历。他以前在位于西银座的影视制作公司供职,是个电影制片人。那是日本电影还很有影响力的年月。我惊讶之余,却也没由来地完全相信。可以理解,以大田原的气度、算得上端庄的神情与穿戴,本来不就该是那个世界的住民吗?他年轻时想必更

---

① 登户:位于日本神奈川县川崎市多摩区。
② 成城:位于日本东京世田谷区。
③ 西荻洼:位于日本东京杉并区的旧地名,1970年底废止。

英俊帅气吧！只是感觉与如今这个样子太不相称。

他似乎不太想说，而这又引起我更大的好奇，便不惜费尽口舌地问这问那。拗不过我的纠缠，大田原坦白说自己是战前某位电影巨星的儿子。我大为震惊。至于他的名字，上了年纪的日本人可谓无人不知无人不晓。但我请他告知那位巨星的姓名，可他说什么也不肯透露。

他并非这位巨星正妻的儿子，而是他的数名女演员志愿者情人中的一位生下的孩子，这位情人，也就是大田原的母亲，在巨星关照下住的房子，就在成城边上。房子并不太大，但住着很舒适。大田原说出生地好像是下町的某处，在这个家里长大，因此学生时代的战争时期，去登户有军队背景的研究所及成城的邮局义务劳动过。

战后，他效仿演员出演过电影，因不太感兴趣，又没什么机会，便加入了西银座的影视制作公司。可惜这家公司因开出空头支票而宣布破产。他想，算了，居有定所就好。他原本倒是挺乐观，但后来父亲晚年结婚入户并一起生活的年轻妻子在父亲故去的同时，将东京都内父亲的所有不动产都扣下了。大田原在成城的家被转到了这位妻子哥哥家帮佣的名下。因巨星晚年患脑软化症半身不遂，年轻妻子照顾过他，对她来说，争得巨星的全部财产是理所当然的。

闹上法院打官司的话倒是这边占理，但因当时媒体已蜂拥而至，围聚大田原身边追问他是否在已倒闭的影视制作公司纠纷中有逃避经营责任之嫌，以图炒作丑闻制造轰动，故此大田原放弃所有的一切,离开了成城这是非之地。所幸,此时母亲已经故去,可不必被这些烦心事骚扰,能够在成城的家里永远安息了。

　　大田原沿小田急线①下行,独自搬到了孩提时代起就非常熟悉的多摩川②岸边的公寓。多摩川河滩是大田原小时候经常随父亲在夕阳西下时来玩耍的地方。长相家喻户晓的父亲,不到天黑不敢出门。在这里,他得到了一份由登户的T基督教会介绍的工作,从以前有过来往的小制片厂接些活儿勉强糊口。他编过电视剧本,也写过几本类似小说的东西。跟我的境遇越来越相似了。我感觉已经看到了自己二三十年后的模样,对他的遭遇,我决不能事不关己。

　　聊着聊着,夜渐渐深了,窗外秋虫呢喃。肚子饿得咕咕叫,大田原肯定也一样。于是我提议去附近什么地方吃些东西。大田原起初不肯,但最终答应了。

　　距他那里相对较近的地方,有个小酒馆情调的老店。我们没坐在吧台边上,而是上了设置在角落里的极其狭窄的榻榻米坐席,于矮桌旁坐定,我要了瓶装啤酒。大田原说:"那就陪陪你,只喝一杯。"干杯后,我想听听后来发生了什么,但他说的已

---

① 小田急线:通常指小田原线,即连接日本东京新宿区的新宿站与神奈川县小田原市的小田原站的小田急电铁的铁路线。
② 多摩川:贯穿东京注入东京湾的河流,源头在日本山梨县东部秩父山地的笠取山附近。

称不上后续的人生告白,而是现在常去的教会的情况。我对有关宗教的话题极度恐惧,好在因为他不是那种劝诱他人入教的人,这使我能够安心与之交往。要是他有意拉我入伙,我会当即跟他断了来往。

大田原说,教会算是特别为主妇们提供了一个社交场所。并非仅限于周日早晨的礼拜,平日里的下午也常常举办妇人会,搞些日常活动。我问都有些什么样的活动,他列举了比如收集修补送给发展中国家穷人的旧衣服、回收旧纪念邮票以换取援助金、制作捐赠给公共设施的抹布、每周五烧饭赈济生活在中区寿町的流浪者、在名叫寿生活馆的大楼四楼帮助无家可归者洗衣或入浴等等,不一而足。

男性教徒也有诸多志愿工作,协助搞起寿生活馆内慢性酒精中毒者的互助会、巡视防备针对无家可归者的暴力伤害。冬天还要装配可供他们过冬的预制板小屋等等,诸如此类。

另外,这些设施遭到了当地居民慢性的却是强烈的抵制,要求必须搬走或拆除。每次举行支援活动都会遭到居民们的谩骂,有时还可能遭遇暴力袭击的危险。居民常雇佣警卫自保,警察与车站工作人员也都支持居民驱散无家可归者。十几年前,曾发生过一起一名身体衰弱干不动日工、睡在公园的无家可归者被中学生袭击杀害弃尸垃圾箱的案件。我对此也有印象。为避免此类事件发生,才需要巡视员的吧。

说这些时,大田原神情阴郁得让人难以形容。他脸上显现出的那种忍无可忍的忧伤甚至也传染给了注视着他的我。本来，只要不是必须的，他并不是那种豁达到聊起来没完或做些滑稽动作的人，而叙说这些时的他，给人一种格外忧郁的感觉。他说因为有自己的打算，他并不参加这种志愿活动。感觉从他说这话的语气中稍稍流露出了一些愤怒。不过，他说晚上的《圣经》学习会，自己经常参加。他坚信神对意志的救赎。

忽地发现，端上来的下酒小菜，他连碰都还没碰过。我慌忙劝他，不吃的话，来这里就没意义了。不仅如此，大田原也决不再多喝一滴酒了。经不住我劝，他稍稍盛了些炒面在小盘里，往嘴里送之前，先用刀子叉子将炒面细细切断。这是要干什么？我万分不解，做出不怎么在意的样子瞅着他，只见他将碎面盛到叉子上慢慢往嘴边送去。第一次没成功，炒面滑落在盘子上，他重新慢慢撮起，又送向嘴边，终于吃进了嘴里。

我假装没看到，又若无其事地开始闲聊。大田原试图回应我的问话，但似乎很难。吃饭本身就很吃力，更别提再说些什么了。吃或者说，只能二选一。

过了一会儿再看看他，见他唇边沾了许多炒面碎屑。我渐渐了解了事情的原委，恐怕这是脑梗塞闹的，大田原无法顺利进食。食物不能如愿入口不能有效咀嚼，因此他不愿意当着别人的面吃东西，所以才一直拒绝我的邀请。

终于弄清事实真相，我反而深感羞愧。本以为与自己情况相似的他，其实远比我要艰苦得多。对于想找个能一起吃饭的朋友的我,他当然唯恐避之不及。尽管四十肩疲①之外,还有腰痛、老花眼也在折磨着我,可至少我还没患上脑梗塞啊。这就挑肥拣瘦奢求过高的话,真会遭报应的。

但处于这种状态下的他,为什么到了这把年纪还一定要学英语呢?这岂不是近乎执念?究竟是什么驱使他如此这般地非学英语不可呢?这依然是个谜。

6

里美的演奏会定于下周六中午在产业流通中心小礼堂举行,我邀请大田原观看。说"里美的演奏会"未免太夸张,其实是里美从师学琴的先生举办的演奏会,里美只不过是个帮手罢了。帮忙归帮忙,当然她也会登台弹奏琴和三弦②。

跟大田原两人在大堂看节目单时,身着和服的里美趁我不注意来到身边,突然喊"先生!",吓了我一跳。我后悔没早些禁止她在大田原面前喊我"先生"。喊了就喊了吧,没办法,只得赶紧介绍大田原。两人应该打过照面,但这样正式介绍还是首次。

---

① 四十肩疲:日语中有四十肩五十腕的说法,意为四十岁肩疲,五十岁臂疼,指四五十岁显出的肩臂运动不灵活或疼痛。
② 三弦:后文三味线的别名,日本的一种弹拨弦乐器,有三根弦,与中国的三弦类似。

"啊,您好!"里美说着点了一下头。

她的神态怎么看都不像过会儿就要在舞台上弹琴的人。不过,她今天确实浓妆艳抹。

"敝姓大田原,今天蒙您款待,真是诚惶诚恐。"大田原郑重其事地还礼。他仍然躬着身,不敢挺胸直背,但也许由于以前就属于这个圈子的缘故,感觉他的言谈举止与周围环境倒是相当和谐。

"喃,今天化的妆挺浓啊。"我说。

"啊?不自然吗?"里美嘴快,当即反问。

"噢,没有没有,非常漂亮。"我说。然后瞅准大田原的视线空当,凑近里美耳边小声说:"喂,喂,我说小美,别叫'先生'啦!"

好容易刚刚会说"Nice to meet-you"的先生,闻所未闻。

"怎么啦?为什么呀?"里美问。

"别问'为什么'啦,我又不是什么了不起的人物,总之太寒碜,在别人面前千万不要!"

"嗯,好的!知道啦。先生,那边左转有张桌子,去那里出示这张券,可以领便当。"

"噢?有便当?……喂,你刚才没在听我说话吧!噢,嘿,可以领便当?"

"对。"

"那不合适吧?不掏钱就领便当。"我照着便利店便当的感觉说。

"哎呀！那您就甭操心啦！演奏会嘛,都这样！"

"噢,是吗？不过你挺沉着嘛,不紧张？"

"唉,紧张。"

"这儿也要去污①？"

"要,在洗手间。"

"你最先出场？"

"第二个。"

"都弹琴？"

"开始的时候是。"她说着一把夺过我手里的节目单展开,指着说,"这边的,后半段的这些弹三弦,就是三味线。这些也唱。"

"一个人？"

"不是,很多人。"

"唔,那,好好弹。"

"先生,结束后怎么安排？"

"什么怎么安排？就是回去呗。"

"是吗？那结束后,能在下面的东云茶室等我吗？我马上就过去。"

"啊,马上来？那就等等。回头见。"

"嗯,知道了。那失陪啦。"

里美朝大田原也行了个礼,便向舞台一侧小跑过去。

---

① 去污：指神道或佛教的洗去尘污的仪式。

随后我们找到了里美说的那张桌子,领了两个便当。吃着午饭听琴可谓优雅。我们心满意足地步入客席。

"她叫您'先生',是什么的先生呢?"

落座后,身旁的大田原到底问出了我最害怕的问题。

"咳,哪儿呀,没什么特别的。那孩子这样叫惯了,以前就认识。"我语无伦次地说。

大田原只是"哦"了一声。

"她原籍是冈山县一个叫贝繁村的地方,以前我去过贝繁村……"

根本解释不了什么的解释,大田原却像听明白了什么似的说:

"她①真可爱啊!"

"她"这个词用在这儿,如果是恋人的意思,那就是场误会了,解释起来又麻烦,索性不解释了。

日本传统音乐演奏会真是了不起,我特别喜欢。从听到琴的第一个音的瞬间开始,我就已心醉神迷。这场演奏会是在龙卧亭院子里听过里美母子演奏后的头一次,令我感动不已。先生弹的十七弦新型琴音色浑厚深沉,表演精彩绝伦。十七弦琴因为曲目的关系,音色听起来像极了竖琴。

我一直以为琴是置于地板上的,人跪坐在坐垫上弹的乐器,

---

①她:日语中的"她"字在此处有被理解成女朋友的可能。

因为在龙卧亭时就这样,现在的琴都带着腿,似乎坐在椅子上弹奏的居多。中场休息一次后,舞台上的十三弦琴都换上了带腿的,十分震撼。

尺八①的音色也非常悦耳,轮到三味线演奏时,在排成一大溜的众多三味线演奏者当中,怀抱三味线,侧脸朝向我,边拨弦边动情演唱的里美真是姿态优雅可爱无比。让我吃惊的是,演奏三味线时里美也坐在椅子上。看来最近三味线的演奏形式也发生了变化。

多少有些遗憾的是,没有让里美独奏的段落。这是因为里美尚且年轻,现阶段只是教琴师傅众多演奏会成员中的一员。她弹奏的旋律中,还没有能真切地传到观众席上的部分。里美以前说过,目前自己的实力仅此而已。这大概就是事实吧。作为演奏者的她,还不是特别突出的存在。

在龙卧亭听过的曲子似乎没有演奏。好在听到了我唯一知道的琴曲《春之海》②,这让我欣喜异常。

便当也很好吃,至少跟我一直吃的便利店冷便当相比,味道高级得简直如梦如幻。旁边的大田原好像没怎么吃。他可以带回去,一个人在家里吃。

演奏会结束,我们去了一楼名叫东云的日式茶室。"我也可

---

① 尺八:乐器名,类似中国的箫。
②《春之海》:日本筝演奏家、作曲家宫城道雄(1894—1956)于1929年创作的筝曲,是新日本音乐的代表乐曲,由筝与尺八二重奏。

以去吗?"大田原反复确认。"完全不必介意。"我说。

"日本的音乐太美啦!"大田原说了句让人摸不着头脑的话,"真是好久没听到这样的音乐了。"

虽然只进过厨房,没见识过他的另一个房间,但想象得出大田原的屋子里不像是会有音响之类的家什。

"再来吧!"我说。

里美说过要正儿八经地练一阵子琴。那样的话,往后还有机会听她演奏吧。大田原脸上照例又现出暧昧的笑意,没说什么。

里美走进店来,看不出一丝倦意,一如既往地活力无限。

"辛苦啦!"我说。

里美点一下头坐在我身旁。她随即点了苹果茶。

"跑来这里没问题吗?其他人呢?"

"说要搞派对,甭管啦。老规矩了。"

"琴呢?"

"宅配便[①]。"

"唔——"

"是大田原同学吗?我在'新星'见过!"里美对大田原说。

他难为情地笑笑,似乎不知该说什么好,没吱声。

"今天弹得真好!"我说。

[①] 宅配便:一种用卡车运送小件货物上门的快递服务。

"哎？真好？可我弹错了好几回呢！"

"是吗？没听出来。你没独奏？"

"哎呀,我这样的还差老远呢！"里美笑着在面前呼啦呼啦直摆手,"我呀,弹得最差！"

"听说你正在搞作曲？"

"嗯,是啊。搞了点。"

"以后也会演奏吗？"

"唉,啊呀,还在想呢,不知什么时候才能作好呢。"

"到时候让我听听。"

"听录音。"

"别,还是听你弹好。"

"到时候再说。"

"一定。也请大田原同学来。"

"呵呵,我嘛……"大田原笑了。

"就在'新星'附近,我住的地方。在马车道,离教会也很近。"我说,大田原又现出暧昧的表情。

"下周就听吧！下周二。演奏会都忙完了不是吗？"我说。

"下周？下周太仓促,得练练。"

"琴呢？能搬动？怎么搬？"

"搭出租车,这好说。"

"唔——"

"大田原同学有什么要问她的吗？"

"我倒没什么。琴是坐在椅子上弹的啊,刚知道。"大田原说。

"最近流行这种现代曲弹法。那椅子就是弹钢琴坐的。"

"哦,钢琴的椅子?"

"对,高度可调。琴的弹法因人而异。因为有人喜欢从上往下使劲儿压着弹,这样的演奏者,椅子高些舒服,还有人站着弹呢。"

"琴都带着腿呢!"我说。

"嗯,立奏台。"

"噢,立奏台。"

"都还是穿着和服弹啊?"大田原问。

"不全是。最近基本不穿和服了。今天古典曲目多,大家商议后决定穿就穿吧。穿和服弹琴不方便。袖子什么的会垂得老长。"

"啊,会蹭到琴上?"

"对。"

之后我们去山下公园散了散步。大田原腿脚慢,我事先跟里美私下说过。身着和服的里美,引起了众人的关注。我觉得实在难为情,不由跟她保持着适当的距离。

"大田原同学,您是做什么的?"里美边走边问。

大田原正眯着眼睛眺望海面及远处海面上海湾大桥[①]顶端,接着他把视线缓缓转向大栈桥[②]方向。

"什么也没做啊,隐居[③]之身。"大田原答道。

里美要是问些太没分寸的问题,大田原会不会不高兴呢?一旁的我不禁揪起心来。好在他出人意料地并没显出不悦的表情。

"您喜欢英语啊。"里美说。这一点我也有同感。"这位石冈先生啊,最讨厌英语啦!"里美提到了我。

"他是什么先生?学校的老师?"大田原问。

"先生,您还没说?"

我把脸扭向一边。

"他是小说家先生呀!"里美说。

大田原"嚆——"了一声,头一次露出了惊讶的表情。

"很有名吧?"

"特别有名!我们大学的学生都知道!"

"噢,孤陋寡闻啊,失敬失敬!"

可能知道,但不见得那么受尊敬。

"可最讨厌英语。"说着里美笑起来,我也苦笑连连。

[①] 海湾大桥:横滨海湾大桥,1989年9月27日开通,全长860米,位于日本神奈川县横滨市。
[②] 大栈桥:位于日本神奈川县横滨市中区横滨港的港湾设施,前身是1894年落成的铁栈桥,2002年建成的现在的大栈桥构造上已不是"栈桥"而是"岸壁"了。
[③] 隐居:退休。

"我也不喜欢。"大田原说。

我诧异地盯着他。此时他正凝视着前方远远矗立着的地标塔。

"那边的地标塔,登上去过吗?"大田原问。我摇摇头。

"只上去过一次。"里美说,"听说它的最顶层有日本第一高酒吧。"

"嗯,有啊。'天狼星'鸡尾酒吧。"

"去过?"

"还没有,只去过展望台。"

"唔。从那里往下看,横滨这一带尽收眼底。"

"真想上去看看!"

"漂亮的地方,不漂亮的地方。"大田原说到这里时,我们来到了红鞋子铜像①前。

"啊,红鞋子!"里美叫道。

"原来在这里啊!找到啦!"里美伸手不停地抚摸着铜像穿的鞋。大家都这样摸,鞋子部分都露出了金色的底坯。

大田原也目不转睛地盯着那里,轻声说了这么一句话:

"这孩子小时候,冷不丁被洋人带去了美国还是其他什么地方,肯定孤苦伶仃的啊。"

---

① 红鞋子铜像:指1979年设立于横滨山下公园的"穿红鞋的女孩"铜像,基于日本民谣、童谣诗人野口雨情(1882—1945)诗作的意境创作而成。

接着,他又一动不动地盯着铜像说:

"没有爹娘,也就用不着经历那么凄惨的人生了。"

7

那天以后,我们三个人一同行动的时候多了起来。其实所谓行动,也就是每周二"新星"下课后去十番馆一起喝杯咖啡罢了,连饭都没吃过。打那之后,我也不约他吃饭了。

看来里美很中意大田原的安静,而大田原似乎也很喜欢里美的好动。从旁边观察他们,大田原跟里美十分谈得来,交流起来好像也比跟我聊天时少了些障碍。大田原对琴饶有兴趣,里美则对基督教会兴致盎然。

秋日已逝,风一天冷过一天,不用多久,又将迎来马车道上"铃儿响叮当"的季节。那应该是进入12月的第三周,17日星期二的事。存在着显著年龄差的我们这三人组合的交往,彻底完结的一天到来了。想来真是短暂。

从英语会话学校出来,三人在马车道十番馆喝茶时,大田原极罕见地主动开口对我们说:

"二位,有事相求。"

我吃惊地抬头盯着大田原。他表情柔和,照例浮出暧昧的微笑,模样跟平时没什么不同,但这一天的气氛不对,感觉他身上散发出一种很强烈的东西。

"下周二,是平安夜……"说完他收起笑容,从眼神里看似乎在思考什么。"前面的T基督教堂六点开始做礼拜。普通民众也可以自由参加,二位如果方便,能和我一起来吗?"

我生出一丝戒意,没能马上回答。里美却说:

"想去看看!"

"啊,石冈同学,这可不算劝诱入教什么的。"大田原急忙解释道,"过了圣诞,我打算出趟远门。跟二位可能难再见面,就此告个别。"

"出远门是去哪儿?"我惊问。

"外地。"大田原说。

"英语怎么办?"事出突然,里美也吃惊地问。

大田原闻言又暧昧地笑了。他说道:

"我没希望了……"

"哎?要放弃?!"

大田原点点头。

"彻底?"

他又点点头。感觉像是撞见了难以置信的东西,我无言以对。曾经那么有热情的人,远比我热情百倍的人啊!就这么轻言放弃了?这样一来,我岂不也没了继续下去的信心?

"我发音不行,记忆力也已经不行了,白白浪费时间罢了,我都明白。"

"哪有的事!"我说,这是为自己说的。他要是不在,同班同学可只剩下为奶奶了。

"公寓呢?"

"搬出来。"

"什么?!"我说,"这也太突然了,好容易才熟悉起来。"

我这人看来就是交不上朋友的命。

"所以嘛,做完礼拜,方便的话,请二位都来我的公寓,共进晚餐。"

"晚餐?啊……"我惊愕不已。

对吃东西一事特别消极的大田原,竟然如此积极地邀请他人吃东西?眼前的他,于我而言,如同第一次谋面。

"如何?"

"既然如此,我没问题。"

"我也是——"里美说。

大田原手头拮据,安排这种花钱的活动能行吗?

"那请一定来。"大田原用格外干脆的口气说,然后继续道,"不情之请接二连三实在对不住,还有一事。"

"还有什么?"

尽管心生不祥预感,我还是应了一声,等他的下文。

"离开横滨前,想去一次地标塔顶层那家酒吧,叫什么来着?"

"'天狼星'。"里美说。

"对,'天狼星'。可以一起去那儿吗,二位?在横滨住了二十五年,还没上去过。这把年纪一个人去不了啦,没年轻人陪着可不行。是我请二位,所以费用都由我承担,出租车费也是。怎样?"

我精神恍惚沉默无语。当然没有特别要反对的。教会、"天狼星"、晚餐,这些都没什么说不过去的,我只疑虑一点,大田原有这么多钱?他可是过着冰箱里空空如也的日子啊!他这突然的变化是出于什么原因呢?

"那儿不用预约吗?平安夜啊!喂,大田原同学,靠窗最好吧?"里美说。她的心思已经在那上面了。

"啊,能那样的话真是太求之不得了。"大田原缓缓说道。

"靠山下公园一侧是吧?"

"可能的话。"

"打电话问问,没准早订满了。可我真想上去看看!"

急性子的里美已经从包里摸出手机,翻开了一个小记事本。本子里像是记着"天狼星"的电话号码。看来找到了,她按下号码。

"喂?是'天狼星'吗?喂,想问一下,下周平安夜靠窗的席位,现在能预订吗?山下公园一侧。"

接着她好像在听对方说话,稍稍沉默下来。

"嗯,三位。对、对……噢,几点?"里美问我们。

"那八点左右。"大田原说。

"八点。对,对。姓名?我姓犬坊。犬坊,对,动物那个犬,和尚那个坊①,喂?我的电话号码?"

里美说了一串像是手机号码的数字。

"预订成功!"说着,里美挂掉电话。

"太好啦。那'新星'下课后去教堂,再去'天狼星',最后去我的公寓,就这样吧!这样安排可以吗?石冈同学?"

"好啊,好是好……"

我仍然像被狐狸精迷住了似的,心里纳闷得很。里美还蒙在鼓里,曾对一起吃饭那么抗拒的大田原竟会如此积极地邀请我们赴鸡尾酒吧并共进晚餐!

平安夜做礼拜要用蜡烛。进门时,站在门口的牧师模样的人递给我们每人一只燃烧的蜡烛。室内播放着赞美诗,正面台上是圣歌合唱队。我们跟随先导沿通路前行,从前方依次在长椅上坐下。来人众多,礼拜堂长椅的大部分已经坐满。

在长椅上坐定,我们将蜡烛放在面前的桌子上。礼拜就像个演奏会。合唱的歌声与蜡烛的光亮充满古色古香的室内,庄严的气氛甚至将高高的屋顶都压了下来。

合唱结束,圣歌队退场,年长的牧师登台演讲。首先讲的是有关赠礼。他说最高的赠礼不是被赠予而是赠予。赠予他人,

---

①坊:日语中,"和尚"一词里有"坊"字。

自己会获得更多。真正的赠礼就是这样云云。

接着,他谈到了神生活的天上世界。从那里能看到地上的各个角落,神在天上将我们的生活状态尽收眼底。当下这一瞬间的我们也被神看在眼里。富有的人、贫穷的人、快乐的人、痛苦的人、努力进取者、懒散度日者,神一边俯瞰我们一边思考救济的顺序。诸如此类。

我瞅一眼身边的大田原,只见他闭目合眼,双手十指交叉抵在额前,垂着脑袋虔诚聆听。那模样俨然一尊雕像,纹丝不动,看似正在试图理解刚才牧师话里的含义。

演讲终了,是到牧师面前逐一接受祝福并归还蜡烛的仪式。

"我去去就回,您二位不是基督徒,请直接从那边出去。在教堂前面见。"大田原说。

告知我们这些时的大田原也跟以前的样子迥然不同。不再是平时那位羞涩、缺乏自信的老人了,充斥这个空间的某种神圣的什么,给予了他行动的力量。眼瞅着牧师面前排起了长队,他也加入了进去。

来到外面,发现天色已全黑。教堂的石阶上、教堂前的步道上聚集着众多信徒,像是到了夜祭的退场时间。他们心中,很明显还残留着刚才仪式的余韵,这使他们久久不愿离开。他们会在这里伫立片刻,与熟人们聊上一会儿。之后信徒们就会各自回家,在自家餐桌上与家人们共度平安之夜。

我和大田原虽然都没有家庭,却也准备搞些类似的形式。

不过在那之前应该先去地标塔。招手拦下沿车道驶来的出租车，我说去地标塔。

过了大冈川①，在樱木町站前右转，只见地标塔赫然耸立直指夜空。我的旁边，坐在出租车后座中间位置的大田原紧盯着灯火通明高耸黑暗之中的地标塔，视线始终不曾离开。

地标塔下是商店街。商店街中央建有宏大的通顶，它也在展示着与刚才教堂内部意义不同的另一种庄严。对有神论者来说，这应该算是现代科学创造出来的能感受到神的空间吧。当然，大田原倒并没特别这样说，但我想象得出，这辉煌的灯光下，在这宏大的空间中，无声地漫步着的他，对此光景一定也会感受到些什么。

乘高速电梯抵达最顶层，与横滨夜空等高的"天狼星"跟下面的商店街完全属于不同的世界。木纹墙壁、同色地毯、亮度减弱的间接照明烘托出了沉稳平静的气氛，连我们的足音都被地毯吸走，乐队的演奏清晰可闻。

侍者头前带路，我们经过乐队前面，走向店内预定的席位。挤满情侣的一张张桌子、桌子对面黑漆漆的海面无限延展开去，海面上沐浴在雪亮灯光下的海湾大桥以及时隐时现的无数船影，宛如萤火虫一般。

我们的座席位于最高处。刚一就座，里美就欢叫起来。左

---

① 大冈川：流经日本神奈川县横滨市注入横滨港的二级河流。

手前方是大栈桥,远处是看起来黑魆魆的山下公园与布满灯光的冰川丸号。它的右边是海洋塔与中华街上的灯火。再远处可见元町的灯光与山手森林。横滨的一切都一览无余。我那寒酸的住所肯定也混迹于这片熙攘拥挤的光亮之中。

我点了生啤酒,大田原也要了一样的。我问:"能行?"他回答说:"今夜无妨。"里美选的是冰镇果汁朗姆酒。

大田原一直凝望着窗外。不见烟霭的夜空,空气清新,行驶在道路上的汽车的车灯一盏盏清晰可辨。

"快看!横滨体育场[①]!"里美叫,"那一片,是红砖吧!哇!看得很清楚!红砖仓库[②]马上要变购物中心了?"里美问。

"好像是吧,它右边就是马车道吧。"我说。

大田原应该也在眺望那一带,但他一言不发。我也想听听他的感想。

"右边是关内站,再往右是伊势佐木商业街的街灯,再往右应该就是大田原同学公寓那一带了。"我用话套他,果然,他说:

"嗯,是啊,黄金町那边。我搬过来的时候,那一带也有很多低档旅店。战争刚结束那会儿,那片儿简直就像个毒品窝啊,吸毒上瘾的、酗酒成性的、明妓暗娼满大街都是,脏兮兮的孩

[①] 横滨体育场:位于日本神奈川县横滨市中区横滨公园内的棒球场,1978年4月4日投入使用。
[②] 红砖仓库:地处日本神奈川县横滨市中区新港,建于明治末期至大正初期的仓库群,是象征横滨港发展的历史性建筑物。

子老是不知在哪儿哭闹,真是惨不忍睹啊。连神都弃之不理的地方。"

说话时,他的视线并没从眼下的黑暗处移开。虽然近在咫尺,大田原看到的却是跟我们迥然不同的横滨。

"住在那种地方的人,也许从一开始就命中注定了。那时在路边啼哭的娼妇的子女们,现在在哪儿?过着怎样的日子?我想恐怕没什么改观。大多数现在也在类似的地方。就算穿上干净衣服了,赚钱的场所跟方法也肯定大同小异。他们从那里出来,又回到了那里。"大田原说道。

他那雄辩的姿态令我大为震惊。大田原展现出了他的另一面。

"那边是冰川丸,看到它对面的运河了吗?沿河逆流而上就到了石川町站。那一带是寿町。那里至今还有一堆低档旅店。很多人都去领福祉事务所发行的低档旅店券这东西,围着旅店转悠想找个窝栖身。不到一千四百块的旅店。可无论怎么找,有时还是住不起。

"第二天早晨去福祉事务所排几个小时的队领取面包券,凭这玩意儿一天能买六百六十块钱以内的东西。可人们都不买面包什么的,而是买了酒和烟。

"能寄居在低档旅店里的人算不错的了,还有人露宿街头。那边的寿儿童公园里,这会儿应该在为那些人装配预制板小屋,不然过后就会有人冻死,但还是会有连预制板小屋都挤不进去的人。体弱的、生病的、受伤的,再就是外国人,不会说日语的。

"这些人,睡在车站里,一大早,被倾巢出动的车站工作人员揪起来,反抗就遭拳打脚踢。车站工作人员也很可怕啊。待在岗亭边上,也有被警官浇一头热水的。去福祉事务所窗口请求帮助,被告知找到旅店再来!说那样才会照顾你。否则,就会被责难一顿:'你可以哪儿来的回哪儿去啊','干吗不去打工啊',等等。

"确实也有懒汉,可身虚体弱者去打零工,都被赶了出来。这是因为每每快到发放工钱的日子,监工啊工头啊,这些管事的就故意让他们干重活,然后找碴儿吵架、打人。这一来,就逼得打零工的逃跑保命,人一逃,工钱自然就省了。

"体弱带伤者大都遭此厄运。好容易领了工钱要回旅店,有时候又会碰上'金枪鱼',就是路上的窃贼。居心叵测的同事冲着这点工钱半路偷袭,偷走体弱者的工钱。还有露宿公园被中学生杀死,弃尸垃圾箱的。

"话虽如此,但确实也有原因。市民对这些露宿街头的人恨得咬牙切齿的心情并非不可理解,对他们深恶痛绝源自他们自身对市民的威胁。一有什么事,就气冲冲地大吼大叫、摆出一副不要命的架势。可是啊,不威胁威胁,露宿街头者就摸不透会被周围的人怎样对待。日子实在太艰辛,其实他们每天都得受一肚子气。而市民这边呢,也是满腔愤懑啊!凭什么被你们这些露宿街头的大呼小叫？凭什么要在你们面前胆战心惊？

"唉,日本人还说得过去,咬咬牙怎么都能挺得下来。可怜那些外国人。语言不通,真是悲惨;语言不通,真是艰难啊！连零工都打不成,连低档旅店都没脸住,预制板的越冬宿舍也很难住进去。寿町有个叫卡拉帕奥之家的地方,为外籍打工者提供看护,好像做得相当不错,但仍远远不够。

"这么一来,外国人往往会身不由己地染指毒品、兴奋剂这类危险品买卖,跟暴力团伙扯上关系。除此之外,没有挣钱的办法。生活受到保护的仅限日本人,只有日本人受日本宪法第二十五条保护,由国家提供最低限度的生活保障。可外国人呢？没钱只有死路一条。外国人得靠自己掏腰包来确保安身之所,因为得挣钱,所以才会染指毒品。"

大田原中了邪似的说起来没完。

8

大田原房间里破旧的饭桌上铺着白色的桌布,插着蜡烛与鲜花,摆放着两只覆着保鲜膜的烤全鸡。桌上还有葡萄酒跟葡萄酒杯、一点蔬菜和汤、橘子与草莓以及很多盘子。只是这张白色桌布就让大田原简陋的屋子看起来焕然一新。

白布怎么看都像是新买的,烤整鸡个头很大,似乎价格不菲。葡萄酒跟酒杯是不是以前早就有的呢？它们看起来也像新品。这些东西如果全是大田原为今夜的晚餐而购置的,那他真是大大地破费了一次,包括刚才在"天狼星"的支出,我在心里核算着总的花销。

劝我们入席后,大田原站在微波炉旁加热汤和烤鸡。只有这么个小微波炉。里美要帮忙,大田原说不用马上就好,婉言谢绝了里美。

将汤分进碗里,鸡盛到盘上,我们又在这屋子里干了一杯葡萄酒。正要把两只鸡分成三份,大田原却说:"不啦,我不想吃。"但里美说一个人吃不下全部,硬是给分开了。

"来往时间虽然不长,却多蒙二位关照了。"喝了一口葡萄酒,大田原对我们说。

今晚他似乎没有要控制酒量的意思。我想也是,难得赶上平安夜,应该不成问题。

"大田原同学一走,我不就成孤家寡人了？"我说。

脸色稍稍发红的大田原听了,发出咯咯的笑声,他说:

"不是有这么可爱的小姑娘在嘛！"

尽管没特别反驳他,可里美也不可能永远待在我身边啊。二十七岁的年龄差,几乎是女儿和父亲的差距。

"大田原同学,您结过婚？"里美问。

大田原苦笑一声:"以前我也有过妻子,但相处时间极短。那是很久很久以前啦。"

"孩子呢?"里美又问。

"生了个男孩,已经是二十九年前的事了。"

这可前所未闻,也就是说他的儿子现在二十九岁了。

"日本人必须享有的最低限度的文化生活权利是受宪法保障的。这些权利有生活补助、住宅补助、教育补助、医疗补助、生育补助、职业补助、丧葬补助、护理补助共八项。"大田原话锋陡然一转。

谁愿意聊这些?这是通过教会活动获得的知识吗?他对这些事情倒是知之甚详。我忽然注意到,他拉开碗橱抽屉,取出一个记事本。

"这就是横滨市福祉局的电话,给这儿打电话,应该会给我举行一个简单的葬礼。因为我是日本人嘛。"他板着脸不见一丝笑意地说。

他似乎不是在开玩笑,而且抽屉推上了,记事本却留在桌上。

"您太太是个怎样的人啊?"里美有八成醉了,她追问道。

"我妻子?我妻子嘛,分开也有三十年了,是个演员。"

"嚄,演员小姐,了不起!"

他静静地摇摇头,接着轻轻咬住嘴唇。

"如今想来,她简直就像一个要把我的懦弱、我的所有不作为全都暴露出来的存在。"大田原声音沉重地说。

他已有了明显的醉意,额头发红,银发更显白亮了。

"虽说我并不认为自己是个特别强势的人,但在遇到我老婆前,至少也没觉得自己有多么弱势。而且并不以为自己极端不作为,并不以为自己是个对大事小事只顾一味逃避、不作为到这般田地的人。是她告诉了我,你就是这样的人!

"其实,如她所言,我至今仍在逃避,至今仍不敢正视现实,还想继续逃得远远的,远到不能再远。还相信主会宽恕我。"

说着,大田原在胸前交叉起十指。

"没有您太太的照片?"里美问。

看来她颇感兴趣。大田原噗地一声笑了。一动不动沉默良久。

"想看?"他问。

"想看!"里美高声叫道,并迅速瞅了我一眼,是求我声援她。于是我也慢慢点点头。以前从大田原那里了解到的情况,大都也对里美说过了。

大田原身子轻微摇晃着站起来,哗啦一声拉开玻璃门,进了隔壁房间。隔壁的榻榻米房间大概有四块半榻榻米大小,被褥叠起放在角落里。咔嚓脆响了一声。透过毛玻璃影影绰绰看到似乎拉开了柜子门还是什么的。不一会儿,他拿着一本不厚的书返回桌边。玻璃门没关,从我坐的位置仍是只能瞧见叠起的被褥。

再看放在桌上的书,是本《好莱坞电影史》。大田原在椅子上坐下,又拿起书哗啦哗啦地翻页,很快找到一张折起的小纸片,用手指捏了出来。纸片薄薄的,像是从杂志上剪下的凹版相片页。差不多有手掌大小,折痕处已破损。

"就这一张。"大田原面无表情地说着,用并拢的双手托着照片,放进里美掌心。

"喂,小心！要破了啊,装进相框不好吗？"里美说。

大田原又摇摇头,像在说没那份心情。里美轻轻把它展开。

"哎?！"里美叫出声,被她的叫声吸引,我也探过身去。

"外国人？"

里美手掌上是张浅黑色头发的白人女性的笑脸。照片下面用片假名写着"茱蒂·波特曼"。看样子是从日本的电影杂志上剪下来的。

"茱蒂·波特曼小姐。"我读道。

"对,她的本名。大概在昭和四十年(1965年)吧,东京奥运会结束不久,东宝①要模仿007拍部间谍动作片,为此,从美国招来了外籍女演员。她在洛杉矶的日本人街附近长大,多少会些日语。当然她在好莱坞并非大红大紫,整天忙着试镜,好像总演些没有台词的女招待呀女护士之类的角色。"

"跟她谈恋爱？厉害！"

"本打算即刻返美,结果却留在了日本。做做模特儿,偶尔

---

① 东宝:东宝株式会社,从事电影、戏剧的制作、发行、演出及不动产租赁行业的日本企业,广为人知的一般是其电影公司的名号。

演演电影电视,最终在日本也没能红起来。不过,语言的适应性还真有她的,能说一口流利的日语,是我特训的。现在想来,我也应该学英语。我太懒,到底是又逃避了,当时只顾图轻松。

"一起在成城的家里住了一阵子后,公司倒闭,住处搬到了登户的公寓。那处公寓比这里可强上百倍,但她可能厌烦跟处于那种状态的我共同生活了吧,生下孩子大约两年后带孩子回了美国。离婚了。"说完,大田原陷入沉默。

"那,后来……"里美小心翼翼地问。

"断了联系,我也没有去美国的勇气。不过她在美国也无所事事,留在日本的话倒是还有工作。白人女性做什么都被高看一等的时代嘛,而且她又能歌善舞。回国两三年后,我听到传言说她又飞回了日本。听说在横滨的本牧夜总会,于是我去见她。毕竟还是爱她的,而且也惦念孩子,总之想再见见她。当然见了也不会怎么着。

"找到地方,确实是她。但只有她自己,没带卢克回来。卢克,我儿子的名字。她说儿子寄养在了加州福尼亚的朋友那里,不过以后想接来这边,要在这边赚钱什么的。"

"那接来了?"我问。

大田原还是静静地摇摇头:"我没那个心思。我那时日子过得也是紧巴巴的,根本没有抚养儿子的能力。他能接受我这个过苦日子的父亲? 不接受倒不至于,可也不觉得能过好。另外我打心底里已经受够了茱蒂的任性与傲慢,对卢克是自己的亲生儿子这一事实完全没有真实感。所以啊,我又逃避了,想把自己跟他们撇清关系。"

"那……"我不禁脱口而出。里美看看我:"大田原同学那之后马上搬到这里来了?"

大田原点点头。

"的确是这样。但我没有把这里告诉她。不过,我一直住这里。得知她每周日去关内的教堂,我也成了基督徒。我也去同一个教堂,而且一直能见到她。那时我还有点事做,可是……"大田原突然闭口不言。"来,请用餐!"他对我们说。

我们听得太投入都忘了吃东西。我吃了口鸡肉,又喝了口汤。鸡肉嫩嫩的,很新鲜。

"那您太太呢?"

"直到前些日子还在以前的夜总会,好像搞起了经营。也有风言风语说她做了一个中国人的情妇。但最近那家店倒闭了,人也不见了。听说去了香港,真实情况会怎样呢?可能不在日本了。她不是能安于贫穷的人,早晚会在哪儿过上花天酒地的日子。"

"那以后就没再跟您太太谈过?"我问。

"打过几次电话。这里现在没有电话,以前有。打给茱蒂的夜总会,谈过几次。"

"您太太对孩子的情况怎么说?"里美问。

"没谈出什么结果来,到底还是担心儿子啊。不过她似乎没说跟日本的老公有个儿子。因此,她也没法把儿子接来。

"儿子彻底堕落了。被捕过一次,现在是保护观察①的身份,说是处于每周末必须打电话给保护司的状态,这样下去,大概在美国也待不住了,搬到别的州也一样。她说因此儿子也想来日本,可眼下让他来的话,我自己也不知该怎么办。"

"那后来怎样了?"

"我完全绝望了。我没本事,茱蒂也完了,所以儿子才被抛弃。就算接来日本,我也无计可施。我的工作已经丢了,没有亲戚,儿子又不会日语。"

大田原光喝酒没吃鸡,汤倒是一点点地喝了些。我肚子饿了,已把烤鸡吃得精光。

吃餐后甜点时,大田原将碗盘端去水槽。

"啊,我来!"里美说着过去帮忙。

分盛水果后,大田原冲了速溶咖啡。照例取出了那套精美的皇家哥本哈根咖啡杯,里美惊叫起来。

"喏,这个请收下。"大田原干脆地说道,"送给您二位,总共四只,请各取两只就好。"

"收下?不行不行,这么贵的东西!"里美说。

"我已经不需要了,已经没必要了。易碎物品带在身上太麻烦,您二位不收下的话就得扔掉。还有两只在碗橱里,盒子也还

---

① 保护观察:对犯罪者不起诉或缓刑、假释时的保护性观察。

有。"他没给自己冲咖啡,说完开始洗盘子。

"啊,我来洗!"里美说。

"不麻烦了,没关系,我是事情不做完就老惦记着的性子。马上就好,请用咖啡。"

大田原麻利地洗完盘子,摞在旁边的浅筐里,又回到桌边。但他仍没为自己冲咖啡,还是喝葡萄酒。我这才发现他真的很喜欢喝酒。

"战争时期,我接到学徒劳动动员令去过登户的军事研究所,现在那里已经成了卫生保健中心。石冈同学,知道战后的帝银事件吗?"大田原问。

"唔,知道。"我应声道。

那是大约发生在我出生两年前的事件。银行盗匪假扮成防疫人员用毒药冒充疾病预防药品让银行职员服下,再抢劫钱财的案件。

"他们下的毒,应该叫氰酸腈吧。这种毒药,喝下后确实会过段时间再发作。在研究所听说过,这种毒药适合毒杀俘虏时使用,如果自己身边的人喝下药后马上呈现痛苦之状或当场死亡的话,稍晚些喝的其他俘虏见状绝对不会再喝了。"

"啊。"我说,"怎么突然说起这些了?"大田原似乎醉得很厉害,说话开始没条理了。

"那阵子,研究员们都经常谈论这跟帝银事件的犯罪手法一模一样。哄骗俘虏说是疾病预防药物让他们喝下去处理掉,这样就省了收容所的建设费和食物。为此,毒性最好别立刻发作,登户研究所研究过的类似毒药五花八门数不胜数。属于最高军事机密的有多个场所。被派来这里劳动的学生清一色是班长级别,脑瓜子都很聪明。连孩子都得派去了,可见人手相当缺乏。好在只是卫生清洁、搬搬抬抬这样的活计。不过啊,我在那里听说过。"

"什么……"里美问。

"延时毒剂这玩意儿,并不怎么复杂。比如做成颗粒状,外面裹上糖衣就大功告成。他们说即便这样都能延迟几分钟,可以延迟毒性开始发作的时间,直到糖衣溶解。所以我认为,用不着说帝银事件的犯人是七三一部队①的人还是什么人,没那么玄乎。延时毒剂很简单就能做出来,登户那个研究所每天都在研究这种东西。因此我想,只要是那个研究所出身的人,就能做下那桩案子。"

"啊!"我说。看来大田原打算毫不保留地向我们坦白自己的过去了。

"这杯子真漂亮!"

可能觉得他说的东西有些无聊,里美端详着咖啡杯说。大田原凝视里美片刻。

---

① 七三一部队:侵华日军于1935年开始在中国哈尔滨市平房地区以人体试验来研究生化武器的特种部队。

"这是我富裕时期唯一的纪念品。住在成城的一幢房子里,去西银座的公司上班,做日美合拍电影的制片……"

大田原仰头望着脏兮兮的顶棚,启齿微微一笑。

"那时候真是一片浮华啊,还跟美国女演员传出绯闻。"

"可我不能收下这杯子。"里美说。大田原将视线移回里美身上。

"可惜啊,我完全搞错了。只顾关注毫无意义的地方,只顾关注无需关注的地方,喜欢上了不该喜欢的东西。那里就是我的错误的开端。这套杯子,就是我的错误的象征,可我却舍不得扔掉。它们应该有位与之相称的主人。不是我。希望您二位收下。"

言罢,大田原忽地站了起来,从碗橱里取出一包用药包纸[①]包着的药品模样的东西,然后像是很吃力地坐回椅子。他先将葡萄酒注入酒杯,那是最后一杯了,酒瓶已见底。放下酒瓶,慢慢地又展开药包,他的指尖不停地颤抖着。完全展开后,他将白色粉末倒进了红葡萄酒中。

"这是脑梗塞药。我的手指已经抖成这样了。我这副模样,几乎什么都做不成了。我已老朽,彻底没了气力。所以只能悄无声息地自行灭绝,看来茱蒂就是这样。

"那杯子,希望您二位收下。跟二位的交往真是愉快,是我

---

① 药包纸:包药用的纸。

横滨时代唯一的美好回忆。说出这些蠢话都怪我太伤感,可都是真心话。我在这个城市里没遇到一件好事。您二位说这杯子漂亮,成城时代,给我杯子的人只是说花了大价钱,也不懂什么价值。可当时的我也跟那家伙是同一类,对什么都一无所知,对什么都视而不见,尽管也不可能对神有所觉悟,却以为自己也满算得上一个什么都懂的人。懦弱、盲目却又傲慢。"

说到这里,大田原沉吟不语,我们等他继续。

"回想往事,好像只有一眨眼的时间,结局却是我错误的人生。什么也没创造出来,谁都没帮助过,身后徒留烦恼罢了。希望您二位不会重复我的过错。所以,我这种人,也说不出什么能赠送给您二位,但人啊,要傲慢起来可真简单啊!对于对一切都视而不见的人来说,更是简单,跟呼吸那么简单。石冈同学,握个手吧?今夜就要分别了,我不会忘记您。"

说着大田原伸出手。先向我伸过来,我握了握他的手,接着是里美。里美在握手的时候还不禁点了下头,这纯粹是日本人的方式,也许用不着对此心怀自卑。

"谢谢!万分感谢!"

大田原这句话的语尾消失了,他将酒一口气喝光。我则歪着头寻思自己到底为他做了哪些配得上如此感激之言的事情。我什么也没做。

大田原默然无语一动不动,我猛地回过神来。一直喋喋不休的他,话声戛然而止。他闭目合眼端坐椅上,保持着这个姿势

过了一两分钟的时间。在大概过了三分钟时,他突然睁开双眼,喃喃自语道:

"啊——多么明亮啊……"

随即直挺挺地跌下椅子滚落到地板上,发出巨大的声响,椅子也翻倒在地。

"大田原同学!"

我和里美同时惊叫着站起来,绕过桌子跑到大田原身旁。他已烂醉如泥,眼睛直勾勾地盯着前方,瞪得滴溜圆,却没在看现实中的什么东西。我和里美从两侧抱住他的身体,想把他搀扶起来。

"等等,等等!"说着,他挣脱开我们的手,扭转身体慢慢向后望去。那儿挂着十字架。

"啊,我刚才看到神啦!"他几乎是用尖利的声音大叫道,接着跪在了地板上,"看到神的模样啦!太神奇啦!"

他的泪水旋即扑簌簌洒落而下。

"我又要逃避了。我都做了些什么啊!"

他缓缓地折下身子,额头抵在地板上,就这样良久,动也不动。正等他起身时,听到他含混不清的声音从地板上传来:

"对不住您二位。今晚太谢谢啦。横滨的夜景终于让我清醒了。我有事情必须要做,现在要一个人想一会儿,请回吧。咖啡杯请务必收下。拜托。"

然后他像冻住了一般,僵在地板上纹丝不动。我和里美面面相觑,呆立许久。

9

后一周的周二是除夕①。我和里美两人去他的公寓看了看,门没锁,屋里的家具已一件不剩全没了踪影。像是搬去了哪里。望着空荡荡的房间,我感觉自己像掉了魂一般,这才注意到他给我留下的美好印象及我对他的需要都远远超出了自己所能意识到的程度。

今后,他将从我的生活里消失得干干净净。我身边一点也没留下他这位朋友曾经存在过的痕迹,新住处的地址和电话号码也没有,想主动联系他都没办法,要不是因为两只皇家哥本哈根咖啡杯摆在我屋里,我甚至怀疑是否与他有过交往。

夜晚,独自在家时,一个自称田口的人突然打来电话。声音像位老人,自称是大田原公寓的房东。他受大田原之托,将公寓里的家具全都处理掉,拿到了将近两万块钱,想交给前房客大田原,来问我知不知道他的联系方式。

"什么?"我吃惊道。就是说他没带走家具?孑然一身、身无赘物地去了外地?这倒很意外。总之我不知晓他的联系方式。

---

① 除夕:指公历 12 月 31 日。

听我这么一说,田口说"那请收下这些钱",这又让我惊愕不已。

我问他为何找我。他回答说,因为前房客大田原就是这样嘱咐的。不能收呀,我当然不能收下这钱,见我拒绝,他说那就把现金用信封寄给我,还说被前房客大田原托付并知道了石冈先生的住址和电话号码。正当我说"你先别急"的时候,电话被挂断了。

转过年到了平成九年(1997年),1月3日下午,里美带着年节饭来玩,说是跟朋友一起做的。于是,我从附近的便利店买来日本酒、年糕、水果等食物,两个人边吃边简单地享受了一下新年气氛。我正说"现在要是能听你弹琴那就堪称完美了"时,敲门声响起,现金挂号信到了。

拆开一看,里面有一万九千八百块现金,没有书信什么的。那间屋子里的家具呀书籍呀全部变卖干净,就值这点钱吗?为他想想,甚至可以认为这就是他的人生价值了,心中悲伤不已。

"干吗把这钱寄给我?"我说。

"这个嘛……"里美也说,"这是大田原同学要求的?"

"嗯,说是他要房东寄给我的。"

"哦,为什么呢?"里美也歪着脑袋大感不解,"自己带走多好,他真是个谜啊。不管怎么说,这钱怎么办?"

我一筹莫展,不明所以。屠苏酒喝得也有了醉意,脑子转不动,什么好主意也想不出来。里美凝神琢磨了一会儿说:

"买个漂亮相框,把波特曼小姐的照片镶进去?"

"对啊！"我连声赞叹。主意倒是不错,可惜没照片。想必《好莱坞电影史》也被卖掉了。照片会不会也一起卖了,或是在搬家的忙乱中丢失了呢?

"大田原同学现在会在哪里啊？"我说。

"就是嘛……"里美说。

我理不出头绪,里美应该也猜测不出什么。可供推论的材料,我们手里一无所有。

"去年平安夜那一出算什么啊！"里美说,"大田原同学在屋里那副模样。"

"就是,喝得烂醉如泥！"我说。

"可他真喝了那么多？"里美问,"在'天狼星'喝生啤,然后是葡萄酒,葡萄酒我们也喝了呀。"

"你算是酒鬼嘛！"我说。

里美说最近忽然能喝起来了。实际上在我的交际圈里,她算能喝的。里美说过她父母也都很能喝酒,这是遗传。

"我才不是那种酒鬼呢！"

"不过他因为脑梗塞一直忌酒,时隔多年乍一喝才会酩酊大醉吧。"我说。

"嗯,可能吧。"里美现出疑惑不解的神情。

第二天,四号的早晨。昨夜里美回去后,我自斟自饮,不知不觉间喝光了剩下的日本酒,喝醉后才睡下,所以根本就没安早

173

起的心。枕边电话响起,深度睡眠中的我本不想管它,可那电话根本没有要停的意思,响个没完,无奈只好伸手抓起听筒。

"先生!"里美的声音响起。

"喂。"我在被窝里道。等她下文呢,她却迟迟没说话。感觉她像是被什么吓得屏住了呼吸。"小美,怎么啦?"

听筒里异乎寻常的气息让我忍住隐隐的头痛,在床上坐起身来。摸黑看了看表,才八点。

"大田原同学他……"

"大田原同学?他出什么事啦?"

"说是被人杀啦!"

我感觉脑瓜顶就像挨了一棒子。

"什么?你说什么……"

"今早的报纸,登出来了。报上说昨天傍晚大田原同学死在矶子区峰町的神社院里。"

里美声音哽咽,我也喘不上气来。

"难以置信……怎么会这样?"我说。

"看看晨报,先生。我现在过去可以吗?"

我没能说出话来。竟成绝别的平安夜!大田原在"天狼星"说的话、大田原在他房间里的言行举止等等如速射炮般在脑中复苏,令我丧失了说话的能力。他为我们准备的那顿大餐竟然成了他与我们最后的晚餐。

"先生,可以吗?我不行了,先生!"

"什么？啊,可以可以,当然可以,等你来。"

我挂断电话,在黑暗中发了一阵呆。大田原身上到底发生了什么？不管怎么说,先买晨报。必须马上看报,我跳下床,披了件开衫直奔玄关。

尽管登在最后一版,但这件事在《神奈川新闻》上以较大篇幅作了报道。标题是"男性志愿者惨遭杀害",横写小标题为"于神社院内发现,一日起下落不明"。我全神贯注目不转睛地读起报道来。

"三日下午五时十分,家住附近的私立男子高中三年级学生（18岁）于横滨市矶子区峰町白山神社院内发现居住在中区寿町的志愿者大田原智惠藏氏（69岁）已经死亡并拨打报警电话。县警搜查一课从大田原氏颈部留有勒痕等迹象断定这是一桩谋杀案,遂与港南署于矶子署成立联合特别搜查本部,开始案情侦查。

"据查,大田原氏以仰卧姿态倒在神社前殿后面,颈部有勒痕,搜查本部正通过司法解剖调查死因详情……"

报道接下来比较详细地记述了此前大田原的生活状态。说他住在寿町的低档旅店或儿童公园的预制板小屋内。他在退掉黄金町的公寓后,居然没有离开横滨。

他与T基督教会的教友们一起在寿生活馆、卡拉帕奥之家等处做过志愿活动,但之后几天不知去了哪里。因没告知教友去向,处于下落不明状态。自一日起没再返回旅店,教友都对他的安全表示了担忧。

怎么回事？大田原究竟在寿町的低档旅店这些地方搞什么名堂？

门被擂得震天响。我从恍惚中回过神来，走到门边敞开。身穿黑色短风衣、脚蹬黑色长筒靴的里美站立面前。

"小美。"我刚一开口，

"先生！"她叫了一声，上前抱住我，哭着说："他真可怜。"

她这句话把我的悲伤也勾了起来。我也呆立不动，挣扎着不让这悲伤夺走我体内的气力。我不知该如何应答，跟里美的感受却完全一样。能说"本就似乎没什么美好过往的人生，到头来竟是这样"吗？感觉这样说实在太残酷。

总之，不该一直沉浸在感伤中，现在一定得做些什么。可事到如今，我到底还能为他做些什么呢？

"不管怎么说，必须做点什么，怎么办？"

"给搜查本部……"里美移开身子说。

"对，联系他们！"

说完，我在电话簿上查到矶子署的号码，拨通了电话。说在报纸上看到了事件，有关于峰町神社里被杀害的大田原智惠藏的情况要报告，电话被接来转去一番后，跟一个叫莲实的刑警通上了话。他是搜查本部的人，说有什么情况请告知，于是我将与之在关内站后面的英语会话学校一起学习、平安夜一起活动的经过简明扼要地说了说。

对方还问：搬到低档旅店后见过面吗？了解大田原在寿生活馆及卡拉帕奥之家的志愿者活动内容、每天见什么人、去哪儿吗？我回答说这些都不清楚。本以为他可能会要求我们去木部，但我说的看似不是多么有价值的信息，对方只问明电话号码、住址、姓名后就完事了。问他搜查进展情况，被告知还什么也不能说。唯一告诉我们的仅仅是今晚在尾上町T基督教会礼拜堂为大田原守夜，就是上次那个教堂。我道谢后挂了电话。即便这样也算是很难得的消息了。

傍晚，跟里美两人进了曾在平安夜来过一次的教堂，里面空荡荡的，令我惊讶的是，竟没一个人前来吊唁。厅堂尽头横放着一口棺材，旁边的椅子上孤零零地坐着一位年轻牧师。

走上前见棺盖上有窥视窗，将脸凑近仔细观看，熟悉的银发及银发下安详地紧闭着的眼帘呈现眼前。没错，是大田原。他似乎睡着了，这让我放了心，看样子至少应该没经历太多痛苦。

并非基督徒的我们在棺材前双手合十行过礼后，与旁边的牧师聊了几句。我们告诉牧师，我们与他的关系，他屋里的家具与书籍变卖后的钱款被房东寄给了我，想请这里收下钱云云。牧师很礼貌地鞠躬，说完全理解。我将装现金的信封整个递给他，他接过去，打开身边的一个朱漆箱的盖子，打算放进去。

"请等一下……"里美开口了。我扭头见她正用一条茶色手帕擦拭眼睛。

"那个钱夹,是大田原同学的?"她问。箱子里有个黑色钱夹。

"是的。"牧师说。

"呃,那里面没有茱蒂·波特曼小姐的照片? 从凹版相片页上剪切下来的。"

"这个钱夹里吗?"

"嗯。"

他从箱底取出钱夹,打开按扣扣盖式样的小袋,瞧了瞧里面。果然有张折叠的纸片显露出来,一定是茱蒂的照片。

"啊,对,就是那个。"里美兴奋地说,牧师将它递了过来,"是他太太的照片,您知道?"

"不知道。"牧师说。有关大田原,他几乎一无所知。

"可以留作纪念吗?"里美问。

牧师好像有点拿不定主意。

"应该可以吧,看来你们挺亲近。不过能留下你们的住址与联系方式吗?以防万一。"

我递上名片。牧师将名片与钱夹一起放回箱里。我竟有用一万九千八百块钱买下了这张照片的感觉。

出了教堂,我们径直向伊势佐木商业街走去,找到了一个尺寸正好能放进这剪报照片的相框并买了下来。然后返回马车道,进了过完新年头三天后开始营业的十番馆,喝着红茶,将照片镶进了相框。这样一来,与大田原相关的纪念品有了两件。

不过,也仅此而已,事情最后就定格在了这一天上。大田原智惠藏这号人物,既不是名人,应该也没有身为志愿活动者的突出功绩。事件登报那天,电视新闻上都没播报。因此那之后,大田原的名字再也没在报纸上出现过,再也没在电视新闻里听到过。矶子署那边也没给我打过电话,T基督教会和志愿者团体也都不曾联系过我。

几天后,我给寿生活馆打电话,询问有关大田原的安葬事宜。办事员也不了解详情,似乎并不存在大田原家族的墓地,自然也不可能为身无分文的他建造新墓。总归就要当作无缘佛①处置了。

我后悔没事先问出当年他那巨星父亲的名字。那种人自然会在什么地方有墓地。大田原的遗骨应该也能埋入那片墓地吧。不过转念又想,以情妇之子的身份下葬,肯定会遭到遗属抵制吧。可能会大出他们意料。

这么一来,他在这个世界上生存过,在横滨这座城市生活过的证据,只剩下眼前置于我房间桌上他那外籍妻子的照片与皇家哥本哈根咖啡杯了。我房间桌上已开始落上灰尘的相框可谓是他小小的却是唯一的墓志铭。

一个月过去了,两个月过去了,搜查还在继续吗?犯人归案

---

① 无缘佛:死后无人祭祀的人。

了吗？这些消息完全没再听到,我按捺不住怒气给矶子署打了电话。说要找一课的莲实,对方问什么事,我就说了想了解大田原智惠藏一案的进展情况,对方说现在莲实正外出查案,联合本部已经解散。有关犯人,回答是还没抓到。

大田原一案,似乎已走入迷宫。他那凄惨的一生难道要就此成谜吗？我脑中闪出最后那夜他说的话。

"回想往事,好像只有一眨眼的时间,结局却是我错误的人生。什么也没创造出来,谁都没帮助过,身后徒留烦恼罢了。"

然后他伸出手来要跟我握手。我握住他冰冷的手时,他声音哽咽地说:"谢谢！万分感谢！"

这就是最后一幕。当时他似乎已经知晓自己的命运接近这样的结局了。这命运就是自己被杀、犯人逍遥法外吗？感觉唯独这一点无论如何都不能容忍、无论如何都该查出个结果。我感到深深的愤恨悄悄爬上了心头。

10

大田原死后三个月,到了四月初。案情没有任何进展,黔驴技穷的我给身在斯德哥尔摩大学的御手洗发去了传真。去年春天,不光传真号,连他的因特网网址也问到了,不过我的公寓还没联网。里美那里倒是联网了,可我又不愿去烦扰她。

我用文字处理机将大田原事件的概要简略打出来,最后写上"请尽快回电话",然后用传真给御手洗发了过去。对方可以免费使用大学的电话,从这边打过去得自掏腰包,而且日本的话费很贵。我发传真是在晚上九点,电话居然在传真过后五分钟就打了过来。回得太快,我都没想到是这位朋友打来的。

"喂,我是石冈。"

"石冈君,看来搞得很起劲儿嘛!"一个男声突然说道。

声音很近很近,根本听不出是从外国打来的。

"御手洗?是御手洗?"

"是啊,刚看了你的传真。"御手洗的语气极其轻松随意。真想念他的声音,仿佛我还没被他抛弃。

"你那边现在几点?"我问。

"是下午,天气不错。窗外能看到日本赠送的樱树呢!花还没开。天暖和了,走在校园里的人都把毛衣围在腰上。"

"现在说话方便吗?"

"不太方便,但看你挺急嘛。"

"传真看了?"

"嗯,看了。什么意思啊,完全摸不着头脑,这大田原是什么人?在哪儿认识的?"

"咳,这些就甭管了。"我慌忙说道。我没提英语会话学校的事:"案件的情况嘛……"

"案件情况也完全摸不着头脑,不得要领。不过现在没时间,没空听你慢慢讲,还有三十分钟就上课了。赶紧理顺理顺吧,你什么目的?想抓住犯人,还是想弄清最后那夜这位大田原那种表现的原因?"

"两者都有,不过最后那夜,大田原老人举止可疑的模样是他自身的问题,就算你也不可能查清……"

"未必,这很简单。"御手洗说。

"简单?!"我问。

"不错,氰化钾不是?"

"嗯?什么?"我大吃一惊,手握听筒僵立不动。

"时间紧张,你不要让通话断下。"御手洗急急火火地说。

"你说氰化钾?什么意思?那是什么玩意儿?"我问。

"他喝下了加进葡萄酒里的氰化钾。"

我无言以对。这位朋友的话真是出人意料。

"你胡说什么!大田原老人可没死啊,他后来去了寿町的旅店,活着呢。"

隐隐约约听到御手洗啧啧的咂嘴声。

"你呀,我知道这情况,他没死。因为氰化物的毒性失效了。"

"怎么?怎么会失效?"

"过了五十年,已经氧化,变成无毒的啦。这是无论密封到何种程度都难以避免的。大田原老人可能不知道吧。"

"为什么说过了五十年?"

"药是学徒劳动动员的时候,在登户的军事研究所偷的吧?

他把它珍藏了五十年,不就是有心什么时候用这个自杀?"

我完全惊呆了,什么话也说不出来。

"在他彻底绝望、在他以为已经回天无术的一刻,对他来说,这一天终于来了,应该就是平安夜吧。"

我目瞪口呆,根本想象不出的故事,从海那边传了过来。

"他想最后看一眼这个世界,所以才约你登上地标塔的鸡尾酒吧,他一定是想最后再看看横滨的全景。然后请你共进晚餐并将此前自己的大半辈子向你告白向你忏悔,还请你收下自己最中意的咖啡杯。通过他的行为可辨识出一个地道的基督徒:盘子洗净不留污垢,展示被褥所在,安排葬礼的电话号码也告诉了你,最后服毒。他想委托你处理自己的遗体,所以才招待你!不然,几周过去都未必会被发现。谢礼便是那咖啡杯和现金信封。不过没死成,原因嘛,就是毒药失效了。"

无言以对,无言以对。除此之外,还是无言以对。

"不过,对氰化钾因氧化失去毒性一事不知情的他,把这当成了神的意旨。他理解为神不允许自己死并命令他再活些日子完成使命。就是这么回事吧。"

是这样啊,原来是这样啊——可能是这样。给他这么一讲,那天夜里他的一切行为都合情合理了。心脏又像疾槌儿打鼓似的怦怦跳起来。我使出全身气力,搜肠刮肚地拼命寻找应对之言,我问:

"他对什么……对什么那么绝望?"

"说的是啊,为什么呢?"御手洗也犹犹豫豫,像是推理信息不够全面。

"该是英语能力吧……"我不禁喃喃自语。

"英语能力?"

我还没对御手洗说大田原学英语的情况。

"嗯,他上过英语会话学校。完全是初级课程,他真是拼上了老命在努力学习。但因为脑梗塞,发音发不好,还说记忆力也已经退化了,不管怎么努力连单词都记不住。不过他明知不可为,还是全力以赴认真对待。如果对什么绝望的话,我想就是这事吧。"

"石冈君,你没去那所学校?"御手洗问。

这一问差点把我吓死。

"……我、我才不去那种地方!"我矢口否认。

"嚆——"御手洗说。

"对自己的英语能力……"

御手洗打断了我要说的话。

"我觉得他学英语是抱有某种目的的,应该有关联吧?"

"目的?那对他太太……"

"不对吧。他太太不是会说日语嘛!"

"啊,也是。那是为什么?说得对啊,他为什么要那么玩命地学英语呢?"我边说边陷入沉思,"对太太绝望……"

"那是三十年前的老皇历了,应该考虑的是他儿子。"

"儿子！"我几乎惊叫起来。

"正是！卢克·波特曼来日本了。"

"啊！"

感觉头发都要倒竖起来了，真相已呈现面前。

"石冈君，你跟警察说了茱蒂或是卢克的情况？"

我心里一揪："哎呀，这个嘛，可能没说吧。"

"那可麻烦了石冈君，警察大概光在调查日本人。这三个月，完全是在错误方向上瞎找吧。"

"哎呀……"我又无言以对了。是那样，肯定是。侦查拖延这么久，我也有责任。

"在加利福尼亚不也屡有犯罪行为？这卢克，在美国混不下去了，便来横滨投靠母亲。可他母亲茱蒂因为情人的关系不来见面。他回不了美国，又不知父亲的住处，而且父亲也会逃避责任。因此卢克无计可施，留在寿町，住进低档旅店，但因语言不通，跟旅店里的其他人格格不入，最终卷进了非法药品买卖中。"

原来如此，原来如此啊！

"得知儿子在寿町附近每天绝望度日的大田原痛苦不堪，怎么想都觉得自己难辞其咎。于是他开始想办法救儿子一把。该怎么办呢？该不会就是学英语吧？可他无论多么努力也无法使自己的英语水平有所提高，无论多么努力也无法办到。这时，往日的坏毛病又显露出来了，他想到了逃避。"

"哦……"

是这样吗？这就是那夜的真相？他企图逃亡至死神的国度，而并非去什么外地？倒也不错，那的确是个很远很远的地方。

"啊，原来是这样啊……只是他没死成，神不允许他死。"

"如你所言，石冈君，所以他忘掉天国去了寿町。因为已经通知房东要退掉公寓，而他又没了住处，因而……"

"去找儿子了？"

"正是这样。"

"唉，这算什么事啊！"我说。这算怎样的人生啊，大田原这辈子。"那我该怎么办？"我问。

"先查查卡拉帕奥之家，在这里肯定能掌握些有关卢克·波特曼这家伙的什么消息。很简单的调查吧，年龄也知道了，二十九岁不是？本名也知道了。就算隐姓埋名，但救济机构至少会核实护照，做个包含现住所的个人信息一览表吧。

"峰町白山神社院内这个地方没准是毒品交易现场。为什么这样断言？因为卢克当时就住在这神社附近嘛。对，有这种可能。能把房屋租赁给不会说日语的外国人的地方，在日本少之又少。他的住处如果在附近，打听一下马上就能查清楚。已经过去三个月，溜之大吉亦未可知。不过杀人的并非卢克而是其交易对象——暴力团伙成员的话，说不定反倒还会在那里。跟你认识的警官说说，建议他们查查刚才说的那个地方。卢克至少是个重要的知情人，不知是幸还是不幸，但他绝对是能说出杀害大田原老人那个犯人名字的人。"

"的确如此啊……"我叹了口气,"你真厉害啊!"

这是我的心里话。不知怎的,我竟对活着产生了厌恶感,非常理解大田原的心情。

"噢,是吗?那我去忙,这就挂了,对了,石冈君。"

"唔,什么吩咐?"我说。

感觉我不该对这位朋友用如此简慢随便的口气说话了。朋友在瑞典的大学里当教授,而我则跟酱菜店老奶奶一起,在级别7-C班学ABC。

"学英语的窍门就是每天掌握一点点啦。长时间不学,会丢了节奏感。加劲儿学吧!"

电话挂断了。我似乎已被御手洗看得透透的了。

11

随后,案子竟意想不到地简单告破了。翌日,我打电话去矶子署,要求面见莲实,跟他在接待室见面后,讲了从御手洗那里听来的内容。莲实三十来岁,这位刑警给人一种很精悍的印象。

我请求他们调查卡拉帕奥之家,搜寻名叫卢克·波特曼的这个日美混血美国人的消息,并说不可忽视他三个月前在白山神社附近住过的可能。外籍人员这条线索果然像是他的盲点。

第二天,他就不费吹灰之力地找到了卢克,他正躲藏在西区红叶丘樱木町站附近的居民楼里。一旦有了外国人这条线索,排查起来就简单多了。日本的居住环境对外国人很不友好,能住的地方极为有限。加之日本不像美国那样多国籍多人种混居,外国人格外扎眼。

卢克像是已经丧失了逃跑的力气,躺在居民楼里的床上卧等警察来保护。他在日本染上了恶性感冒,身体虚弱到了需要住院的地步,八成是因为对日本的感冒没有免疫力,同时还有营养不良的原故。可怜他不知道怎样去医院就诊,也不具备描述症状在药店买些适当药品的日语能力。他还跟父亲同样的异常孤独。这一系列情况我先在电话里听了莲实的说明,又去矶子署听取了口头报告。

卢克被警察医院收容,只等体力恢复后通过翻译当面提取供词。最悲惨的是,他并不知道大田原是自己的父亲,只记得一个古怪的老人没完没了地纠缠自己。父亲与儿子甚至没能建立起一个正确的沟通方式。

另外,因为卢克搞的是非法勾当,极端排斥与兜售毒品的暴力团伙成员或自己的顾客以外的日本人接触。想必大田原相当心焦吧。因为此事不便公开的内情,他当然也无法跟我们或者志愿者教友们商量。

万幸的是,杀害大田原的似乎并非卢克。因没有目击证人,举证困难,至少卢克是那样交代的。他说在神社院内与帮派成员接头时发现了大田原的身影,他当即逃之夭夭,至于帮派成员后来又干了什么就不得而知了。

尽管如此,他还是充分具备了口供立证的可能,因为从大田原颈部皮肤上提取到的不完整的指纹显示与卢克的指纹看似并不吻合。

听说得知那位执拗的老人是自己的亲生父亲时,卢克深受打击。之后审问进行不下去了,只好延缓大约一天时间。

卢克果然在矶子区峰町住过一个时期。大田原在卡拉帕奥之家查明这一点后,他每天都会来这里,风雨无阻。可悲的是语言不通。对他说"father, father",又不断重复"stop bad, stop bad",卢克并不明白这是什么意思,而且发音也不标准,很难听懂,因此他说自己只得一个劲儿地躲避开这位老人。

其实大田原想说:"我是你父亲,别做坏事了。"我自己也不会英语,因此非常理解大田原选用的词语。换作是我,肯定也是这种水平的英语,甚至可能连这些都说不出来。

不不,不是这个问题,不是英语的问题。换作我,根本不可能采取这么勇敢的行动。住进低档旅店、打听儿子消息等等,无论如何我都办不到。一位老人家,患过脑梗塞、不会英语、身上又没钱,叫天天不应求地地不灵,他确实豁出去了。他为此赌上了自己的老命。

是啊,他最终做到了。没有大田原的舍命行动,我和警察都找不到他儿子。

卢克在等待体力恢复接受审判,服上几年的刑役后会被强制遣送回美国。

卢克被捕后过了约一个月,莲实来电话通知说,逮住杀害大田原的嫌犯了。听说让卢克核实过面貌,确认是在神社接头的家伙。我松了口气,可大田原却没有个墓地让我把这应该报告给他的消息送去。

逮捕卢克的时候,我只听莲实讲了不少,并没见过他。听莲实说,为方便开庭审理,已将他移交给了东京拘押所,眼下倒是能见面了,于是想见见他的心情愈发强烈。同时也生出一丝恐惧,甚至胡思乱想:会不会被他记住长相,遭他出狱后打击报复?转念又想,为了如此献身的大田原,自己见一次他儿子也是有必要的。或许我能做些什么,有的话那一定符合大田原的遗愿。其实别的什么都好说,最要紧的是想看一眼大田原儿子的面目。继承了日本巨星与美国女演员血脉的儿子究竟会是怎样一种风貌呢?到了已进入梅雨季节的六月后,我最终下定决心与里美一起去探视。

我们从横滨换乘电车,向遥远的荒川[①]河边的小菅[②]进发。我带来了镶着茱蒂·波特曼照片的相框,给卢克看看,如果他说想要,就留给他。邀里美一起来,是考虑到以我的英语水平,跟

[①] 荒川:源头在日本关东山地甲武信岳,流经埼玉县中部注入东京湾的河流。
[②] 小菅:日本东京葛饰区西北部的町名,位于荒川泄水道东侧。

他完全形不成交流。里美开始也有些害怕,不过她很快就做出了决定。

在小菅站下车时,天下下起了雨,我们各自撑着伞向拘押所走去。途中有的地方能看到荒川的堤坝。我突然感到心如刀绞,不敢看堤坝那边。我将伞转过去遮住堤坝急急走过。接近荒川时,不知为何我又跟里美走在了一起。这不是上天的安排又是什么呢?

在接待窗口填写了探视卢克·波特曼的申请表,领到一张刻有数字的塑料卡。先在外面的等候室等,被叫号后,穿过金属探测器进入,又在中间的等候室坐着,再等叫号。

等待时间相当长。每次广播叫号时心里都一揪,却总是别人的号。头一次来拘押所探视,感觉心一直怦怦跳。里美一声不响,像是也很紧张,她当然也是第一次。

我在琢磨卢克·波特曼到底会是个猥琐干瘪到何种程度的家伙呢?我甚至想象到了迈克·泰森[①]那张凶暴的面孔。遭父母遗弃,又被美国扫地出门,漂泊到日本住进横滨的低档旅店,搞起私售毒品的勾当,最终被卷进人命案中,一直人不人鬼不鬼地度日的小子,究竟会以怎样的姿态站到我面前呢?

广播终于叫到我们的号了,也说明了应该进入的探视间编号。我抖擞精神,迈步走进通往探视间的狭窄通道,在右手边

---

① 迈克·泰森:原著名美国职业拳击手。

的门上查找刚才指示的编号。找到了。开门,是个小房间。极其狭小的房间,眼前是玻璃板隔断,玻璃板前放着三把钢管椅。玻璃板隔断下方套着稀稀拉拉地开了些小孔的金属板,坐在玻璃另一侧的人的声音可通过小孔传到这边。我们在椅子上坐定。

玻璃那边的门突然打开。首先出现的是身穿制服的警务官,接着,一个身型纤弱的男子跟了进来。瘦削、矮小。五官端正,像个皮肤略白的日本人。温和的表情出人意料,他坐到钢管椅上时,还朝玻璃这边的我们笑了笑。

他的笑脸看上去有些难为情,我愣住了,随即大失所望。跟我预想的形象简直相差万里,这分明算得上受过良好教养的富家少爷的面相。

"你好。"他先开口用日语说。

"你好。"我们也用日语跟他打招呼。

"啊,你会说日语了吗?"里美问。

"一点点。"他笑答。

"身体不要紧了?"里美问。

他歪了歪脑袋似乎没听明白。里美又用英语说了一遍。警务官顿时沉下脸来。警务官坐在卢克旁边记录我们的谈话,一说英语,他显然面露不悦。

"Yeah, now I am all right, no problem."他用英语回答。

我感觉瞬间到了"新星",我想回去了。

"打断一下,这里原则上规定禁止用外语对话。这位虽说情有可原,但也请尽量用日语。"警务官插嘴道。

对此我也有同感。

"好的,知道了。"里美说。

知道归知道,但的确做不到全用日语。交谈以简单的英语中间时不时夹杂进日语的形式进行,这就意味着我自然成了蚊帐外①的人。

这期间,卢克始终笑眯眯的,一点也看不出像个凶恶的犯人,是生活环境将他囚禁在了这里。他看起来并不怎么像大田原,不过他的脸型非常日本化。因为他是大眼睛双眼皮,脸型稍圆的缘故吧,并非恶人面相。这长相肯定也会讨女孩子喜欢。事实上,里美就跟他聊起来没完。

批准的探视时间极短,不过区区十五分钟。警务官抬起头:"差不多可以了吧?时间到了。"说着慢悠悠地站起来。卢克也跟着站起来。这让我着了慌,边起身边将镶入相框的茱蒂·波特曼,也就是他母亲的照片拿出来给玻璃对面的人看。

"是你母亲的照片。"我将照片举在胸前,用日语说。

"不想要吗?想要的话可以送给你。"里美改用英语说。

令人惊讶的事发生了。卢克慢慢摇了摇头。用日语说:

---

① 蚊帐外:指被无视、遭受不公待遇或被置于与事件无关的位置。

"我不要。"

这预想之外的反应,让我吃惊不小。

"不要这家伙。"他接着又说,"想要父亲的照片。"

一瞬间我不知该说什么好,接下来的一瞬间,我又深受感动。那是种被激情刺穿胸膛的震惊。我怔怔地呆立着。

"那我去找!我去找大田原老人的照片,找到后还这样镶进框里拿来!"我不禁脱口大声说道。

"谢谢您!"卢克先用日语说,接着又用英语说,"Thank you, thank you so much! I would like to wait. Thank you for being here, see you."

这时我看到了转身离去的他的侧脸,这侧脸跟大田原像得几乎让我啊的一声喊出来。啊,果然是他儿子!我这样想到。

然后他来了个日本式的深鞠躬,推开玻璃对面一侧的门缓缓走进走廊。从那举止表情来看,就是一个心地和善的普通人而已。

他的身影已消失在门后,我仍在探视间狭小的空间里呆立不动。尽管丧了命,但我认为大田原的行为并非徒劳无益,而是得到了十足的回报。赌命一搏的父亲的心思,被儿子领悟了。想到此处,我不知该如何将这份喜悦这份感动表达出来,一时间急得手足无措。

"太好啦。"

听到里美在喃喃自语。回头见里美也呆立在那里,她的脸颊上挂着一行晶莹的泪水。

我目不转睛地凝视着那行泪水。这份心情无法用言语表达。我明白了,若一个人,一个男人,为了某个人奋不顾身地去做一件事,那么不管他生前多么不堪多么悲惨,一旦不顾一切地赌上性命,就一定能使对方有所领悟。在此时此地的这一瞬间,我彻底明白了。

《最后的晚餐》创作背景

感觉这部作品集的解读还是由我自己来写比较好,于是就应了下来。至于理由,有几个可能招致误解的因素,打算在此澄清;另外,如果讲讲只有我才掌握的背景故事,对读者来说,也算别有一番趣味。

《里美上京》算是以前写的《龙卧亭事件》[①]这部小说的后篇。话虽如此,这个短篇里既没有案件发生,也并非作为刑事案件的龙卧亭事件的后话,倒是有出场人物及周边情况的后续报告的用意。不过,作为刑事案件的日后谈,或早或晚也有发布的安排。

贝繁村是以广岛县比婆郡东城町这个町的景致为原型创作的。罗曼和自带坐垫入场的偕乐座在这个町都真实存在,听说罗曼与黄粉饼还继续保留着,可惜偕乐座被拆除,改建成了停车场。

在《龙卧亭事件》这一作品中,本人也做过说明,里美自那之后从贝繁的县立高中毕业考进广岛的大学,在校一年,一直让父母大感安心,最终通过努力学习成功转入塞里图斯女子大学。对她而言,这似乎是早有预谋的行为,总之顺利来到石冈先生所

---

①《龙卧亭事件》:日本推理作家岛田庄司的御手洗洁系列长篇推理小说,1996年出版。

在的也是她所向往的横滨,公寓定妥了,转学需要的各种手续也办完了,本文即为对她名正言顺地漫步关内第一天所做的情景描写。从里美方面来讲,就是这么回事。

并非什么勤奋用功之人的里美,此前能埋头苦读,是源自对常常装饰在女性杂志凹版照片页里的横滨港的热切向往,还是因为想见到作家石冈和已?或是为了转至法学系成为法律专家?石冈氏很想搞清楚,身为作者的我也弄不明白。这是只有里美自己才知道的真相。

以后里美为成为律师开始向司法考试发起挑战。昭和五十二年(1977年)出生的她,在写这篇稿子的现在,已经毕业并在法律事务所工作了。虽然还没通过司法考试,但可以期待也许在不远的将来会诞生一位女性律师。不过,不敢保证难免遭遇挫折,所以不想在此妄下定论。

为慎重起见,附言一句,女子大学一般不设法学系。这虽是日本女子教育的传统,但唯独塞里图斯女子大学例外。

在贝繁村时的她,是个不管怎么小心,都会蹦出当地方言的木讷质朴的女高中生,而一年后见到的她,简直如同脱胎换骨般光彩夺目。是刻苦训练的成果?贝繁腔、广岛腔都藏得严严实实,像湘南[①]出身的少女那样说话,将最前沿的流行时装缠裹在

[①] 湘南:日本神奈川县中部相模湾岸一带的地名,气候温暖、海岸线绵长,是东京—神奈川县川崎市—横滨市相关地域的住宅区、游乐区。

身。难怪石冈先生被其炫目之美搞得手足无措,当然绝非不喜欢她这样蝶变。

石冈氏手足无措是有原因的。只在字里行间透露出的有关他的情况,下面稍做介绍。他多次在约会过程中回想的"难以忘怀的女性"到底是什么人?她是《异邦骑士》[1]里登场的石川良子,这故事也是促成石冈氏与御手洗洁偶遇的事件。因为事件的痛苦经历,她给石冈氏留下了深刻的印象,甚至留下了牵绊他一生的影响力。他被彻底打垮,时至今日仍未从这次重创中恢复过来,亲友也离他而去,完全找不到出路。再加上性格谦和内敛,没有将自己的悲痛不顾一切地发泄出来的强大神经。

这时,里美出场了。她出生于良子事件发生前后。虽然嘴上说不出,但他对此渐渐理解成上天的启示般的事件。事实上,与里美重逢,让他预感到自己将从良子的咒缚中解放出来。与里美漫步横滨过程中,石冈氏开始思索,上天不正是为救赎自己脱离良子旧伤而将里美派来的吗?本篇讲述的就是这一天的经过,看似短暂且毫不经意,然而对他却意义重大。

对变身女大学生、衣着时尚、浓妆重彩地亮相面前的里美,石冈氏也感受到了良子的重生,二十年的时光间隔消失了。当然,尽管两人的脸型并非一模一样,却都极讨人喜爱,气场的强

---

[1]《异邦骑士》:日本推理作家岛田庄司的御手洗洁系列推理小说处女作,1979年创作,1988年出版。

大也并不露出表面,周身散发着相似的气息。这个平淡的故事便是本部短篇。

关于《大根奇闻》,有几点必须预先说明。首先,构成这个故事内核的奇闻轶事并非我杜撰,而是个民间传说。模模糊糊记得,小时候可能读到过也可能听说过,时隔多年,打开记忆之匣的盖子再看,却已发酵成这个模样。

日本的民间传说中,偶尔会有令人叹为观止的佳作。因此即便有中意本篇的人士,那也算不上我的功劳。

不妨理解为作品中作为史实出现的详细记载都是历史事实,文中所做的推理则基本上都是我的构思,越前福井藩主松平春岳用毛笔著述过英语会话书籍《难解之谜》属实,德川庆喜画油画赠送给春岳也是事实。生麦事件、赫本氏的活动等等虽然也全都是史实,但酒匂带刀这个人物及《大根奇闻》这部书的存在却是虚构的。另外,天保九年的鹿儿岛也并没发生如此大规模的饥荒。

《最后的晚餐》的创作诱因源自与某位著名电影明星的儿子的交往,他是我开始在洛杉矶的生活后,在那里相识的。这位巨星即早川雪洲[①]氏,现在应该已经可以公开其姓名了。

早川氏是好莱坞黎明期黑白默片时代的大明星,像他这样

[①] 早川雪洲(1886-1973):本名早川金太郎,日本著名电影演员,第一位在西方电影界达到顶峰成就的日本人。

的国际大腕，想必已很难再从日本人中涌现出来了。传说的明星，鲁道夫·瓦伦蒂诺①、亨弗莱·鲍嘉②都是因为对他的仰慕而进入电影圈的。从现在的感觉来看简直难以置信，然而这也是史实。对我们那个年代以后的影迷说起在《桂河大桥》③中出场的魔鬼日军司令官的话，应该就能想象出来吧。不过这已是他上了年纪后的形象，年轻时的他，可是引得白人女性们尖叫不止前堵后追的美男子。

儿子雪夫氏是雪洲氏在纽约与白人舞女生下的孩子，并非原配之子。但豪杰雪洲根本不把这些鸡毛蒜皮之事放在眼里，直到后来去世，他都不曾间断过对拈花惹草的执着。

雪夫氏被鹤子，也就是曾经一度在好莱坞风头无两的超级巨星雪洲氏的正妻，在东京抚养成人。成人后他生活在雪洲氏在东京拥有的众多宅邸中的一栋，但后来房子突然被雪洲氏晚年的年轻妻子夺走，此时房子名义上成了年轻妻子哥哥的女管家的家，这些内容与作品中的描述相同。而雪夫氏因出生在纽约，拥有美国的公民权，因此随即移居到了美国。

上中学时，参加过邮局义务劳动一事也是听他亲口说的，去登户毒药研究所义务劳动的情节则是虚构。登户建有此类研究

---

① 鲁道夫·瓦伦蒂诺（1895-1926）：好莱坞无声电影时代的意大利裔美国电影演员。
② 亨弗莱·鲍嘉（1899-1957）：美国电影演员。1999年被美国电影学会选为"百年来最伟大的男演员第一名"。
③《桂河大桥》：英美合拍、哥伦比亚电影公司出品的战争片，1957年公映。

所属实,帝银事件当然也是史实,因此传言中也有过类似作品中关于这起大事件与那家研究所之间关联的猜测。附带说一句,我一直在想,这倒是个值得考虑的课题。

雪夫氏年轻时,做过一段时间的演员也是事实,据他讲,因为同时代有冈田真澄①氏这样的同类型演员,自己便退出了演艺圈。他笑言,至于才华,他也是有的。不过他与电影制作公司倒闭并无关系,当然家也不在成城。不用说,之后也没搬家到登户,更不存在流落到横滨黄金町等经历。这些都是虚构,他从若林自己的家里搬出后,马上到了洛杉矶。

他受小东京②的《罗府新报》——一家英日文版面各半报社的委托执笔报纸专栏。我见到他时,这位老人依然英俊潇洒气质非凡,英语也很流利,儿子住在长滩③,是位成功的工程师。因此,无论从哪个方面说,都跟大田原有着天壤之别。以上赘述几笔,以免因什么误会使他被误当作大田原。

他一点也不摆架子,像年轻人那样淡淡地说中性日语。仅仅作为富有魅力的日本人这一点,他跟大田原氏是一样的。每次见面都会给我留下深刻印象,令我的心境也变得平和内省。因此在刻画大田原氏的性格时,脑中不由浮现出了雪夫氏的风采。

---

① 冈田真澄(1935-2006):生于法国的日本演员。
② 小东京:位于洛杉矶市中心的美国最大的日本人街的通称。
③ 长滩:美国洛杉矶南部的港口城市。

雪夫氏的后半生光彩辉煌,根本不像小说里写的那样。尽管父亲是历史性的人物,但他并没有受挫于父亲晚年的种种失误,而是在异国他乡平静地生活。可以说,他的人格魅力形成的氛围使我深受感动并催生了这部小说,借此机会,记录下对他的谢意。

岛田庄司
2002 年 10 月 25 日